초차원게임 넵튠 하이스쿨

오카즈

길찾기

CONTENTS

표지 일러스트 츠나코 **본문 일러스트** 우리모 **표지 디자인** 오쿠보
한국어판 번역 채다인 **편집** 박관형 **표지** 박재성 **교정** 정성학 **마케팅** 이승우

PROLOGUE

로고 표시 끝

"안 돼."

차가운 표정에 어울리는 차가운 한마디가 날아간다.

"하, 한마디로 안 된다고 하셔도, 학장님……."

"네 의견은 아무래도 상관없어. 듣지 않을 거고 들을 필요도 없지. 그전에, 이 건에 대해 내가 언제 너에게 발언을 허락했지?"

"하, 하지만……. 아무리 그래도 총 예산에서 20퍼센트를 삭감하면 학원 운영에 지장이……."

"듣고 있나? 너한테 발언을 허락한 적은 없다고 했다!"

"기, 기다려 주십시오, 하다못해 다음 학기부터라도……."

비서…… 라기보다는 심부름꾼으로 채용한 지 반년째. 지금까지 모든 일에 "예스"라고 말하도록 교육해 왔지만, 아무래도 너무 물렀던 모양이다.

그녀는 1초 안에 무능한 비서를 잘라버리겠다고 생각하며 자신이 할 수 있는 최대한의 인내심을 발휘해 한 번 더 입을 열었다.

"생각해 봐. 내가 너한테 허락한 대답은 단 한 가지일 텐데. 말해 보라고."

비서의 얼굴을 위로 노려보며 말했다.

"…… 예, 예스…… 입니다."

눈을 맞춘 순간, 비서는 얼굴에서 식은땀을 흘리며 갈라지는 목소리로 대답했다. 이번이 마지막이라고 정한 대로 그녀는 말없이 고개를 끄덕였다.

"실례하겠습니다."

비서는 연료가 떨어진 기계처럼 굳은 동작으로 나갔다.

그녀는 무표정하게 그걸 바라보다가 책상 위에 놓인 사진 한 장을 집어 들었다.

사진에는 한 소녀가 찍혀 있다.

사진의 소녀는 태평스럽게 웃고 있었다. 그게 그녀에게는 한없이 짜증스러웠다.

보란 듯 커다란 소리를 내며 사진을 구기고, 그녀는 그걸 책상 위에 있는 재떨이에 내던지고는 손가락을 올렸다.

순간, 사진은 소리도 없이 불타오른다.

일렁이는 작은 불길이 사라져 사진이 하얀 재로 변할 때까지 그녀는 가만히 그 광경을 바라보았다.

오프닝 무비

B버튼이 있으면 할 때가 있지 않아?

어떤 때냐 하면 구체적으로……. 그렇지, 빨리 달릴 때.

B대쉬라고, B대쉬. 기본이잖아.

길에 한 칸 간격으로 구멍이 뚫려 있어도 신경 쓰지 않고 돌파할 수 있다고. 좋지 않아?

…… 아, 그럼 그거라도 괜찮아 초음속으로 몸을 둥글게 말아서 돌파하는 그거.

나는 머리도 짧고, 머리끝이 뻗어 있잖아. 그러니까 의외로 캐릭터 이미지와도 어울릴 것 같은데.

"상관없어!"

라고 쿨하게 말하면서 초음속으로 날아갈 수 있다면 B대시 보다 높은 레벨일지도 몰라.

그것도 안 되면……. 그렇지! 투구풍뎅이 모양의 기계를 만지면 주변이 정지된 것처럼 초음속으로 달리는 건 어때.

이게 좀 더 요즘 느낌이 나지 않아? 치타 메딜을 벨트에 박으면 이상한 노래가 들린다든지.

이를 악물면……. 이건 좀 구식인가.

어찌됐건! 지금보다 더 빨리 달릴 수 있다면 뭐든지 괜찮다는 게 지금 내 심정이야.

입학식에 지각하지만 않는다면.

……

아아, 나도 참 한심하다고나 할까, 클리셰라고나 할까, 백번쯤은 봤을 법한 뻔하디 뻔한 오프닝이라 죄송합니다~라는 느낌이지만, 이렇게 실제로 클리셰를 실천하는 몸이 되고 보니 주변의 평가에 신경 쓸 여유는 없다고.

게다가 아무래도 상관없는 평소의 아침도 아니고, 입학식이라고, 입학식!

새로운 생활의 첫걸음이 지각으로 시작되는 전개는 코미디에서야 흔하지만, 그게 옆에서 보는 사람에게나 웃기지, 당사자에게 재미있을 리가 없잖아? 메타포 냄새를 풍기는 독백도 라이트 노벨이나 게임(특히 미연시!)에서는 백 번은 봤음직한 연출이잖아. 이런 전개를 만나면 이미 이야기의 패턴은 나올 만큼 나왔다는 생각이 머릿속에 들기도 하고 안 들기도 하고…… . 에휴.

한 번에 숨차기 지수 MAX까지 미터기를 꺾어버린 듯한 목청으로.

"하아…… 휴우…… 하아……"

한심한 소리랄까 한숨을 토해내며 학교를 향해 달려간다.

아, 그렇지. 나중에 해봐야 별 의미는 없으니까, 아직 여유가 있을 때 자기소개를 할게.

나는 넵튠. 어디에나 있을 법한 흔한 미소녀. 취미는 게임이려나.

특기는 변신!

오늘부터 '이스투아르 기념학원'에서 즐거운 청춘 학원 라이프를 만끽할…… 예정.

머리로는 여러 가지 재미있는 계획을 세워 놨지만, 어디까지나 입학식에 늦지 않았을 때의 이야기야. 늦으면 계획은 모두 물거품.

"저 아이, 입학식에 지각했대. 호호, 쿡쿡……."

이렇게 심술궂은 여자애들에게 손가락질당하고, 교실의 복도 쪽 제일 구석 자리에 박혀서 떨고 있는 미래가 기다릴 것 같아.

그건 아무래도 싫어.

그러니까 달려야지! 학교를 향해! 빛나는 미래를 위해!

라고 기합을 넣어 보지만, 아쉽게도 나는 B대쉬도 사용할 수 없고, 몸을 둥글게 말아서 초음속으로 돌파할 수도 없는 연약한 여자아이, 내가 할 수 있는 건 이를 악물고 팔을 휘둘러 마음만이라도 속도를 높이는 것 정도야.

"저기 보인다!"

반쯤은 흐릿해진 눈앞에 드디어 이스투아르 기념학원의 교문이!

"네푸네푸, 빨리요!"

저편에서 나를 부르는 소리가 바람을 타고 들려온다. 아, '네푸네푸'는 내 별명이야. 참고로 말하자면 이 별명으로 나를 부를 만한 사람은 한 명밖에 없어.

"컴파! 기다렸지!"

나도 그 한 명을 향해 소리를 질렀다.

눈을 비비며 시야를 확인하니 교문 옆에서 크게 손을 흔드는 여자아이, 친구인 컴파의 모습이 확실하게 보인다.

컴파와 나는 흔히 말하는 룸메이트, 컴파 쪽이 언니지만 제일 친해.

가장 친한 친구로서 같이 시험을 치고, 학교에 다니기로 약속했거든.

"입학식에는 같이 '하나~둘'하고 교문을 지나기로 해요. 약속할 거죠? 네푸네푸."

"응! 약속이야!"

이것도 흔하다면 흔한, 별것 아닌 약속. 하지만 소중한 약속.

컴파, 기다려줬구나. 내가 안 오면 너도 지각했을지 모르는데. 우우~ 눈에서 땀이 날 것 같아.

"아슬아슬하게 도착…… 이지?"

컴파 앞에 겨우 선 나는 양 무릎에 손을 대고 숨을 고르면서 말했다.

"다, 다행이에요! 저 걱정했거든요. 신입생들은 다 학교에 왔는데. 네푸네푸만 오지 않으니까……. 설마 나쁜 우주인이 납치라도 했나 하고……."

나…… 납…….

컴파는 걱정이 너무 심해서 망상으로 튀어버리는 것 같아.

마치 생이별한 가족과 재회라도 한 것처럼 반쯤 울면서 나를 껴안았다. 내가 온몸이 땀으로 젖은 것도 전혀 신경 쓰지도 않고.

하지만 이렇게 가족처럼 걱정해 주는 건 조금 기뻐. 지각할 뻔했던 이유가 대수롭지 않았던 게 조금은 미안하네. 나로서는 이런저런 일이 있었다고 설명하고 싶은데 말이야.

정말로 납치라도 당한 거라면 좋겠다고 생각했다가 아니 그건 아니지 하며 고개를 저었다.

"저기, 컴파. 이제 울지 마. 약속대로 둘이 같이 '하나~둘' 하고 교문을 지날 거잖아?"

컴파의 젖은 눈을 소매로 닦아 주면서 토닥인다.

"제가 운 건 네푸네푸 탓이라고요. 나중에 제대로 사과해야 돼요!"

그 손을 잡은 컴파가 그대로 내 머리에 손을 대고 가볍게,

"떼찌! 에요."

그리고는 다시 한 번 내 손을 잡고 말했다.

"…… 그럼 가볼까요. 네푸네푸. 우리 입학식이잖아요."

"응! 가자!"

나와 컴파는 손을 잡고 약속대로 '하나~둘'하고 같이 교문을 지났다.

"입학 축하해요! 네푸네푸."

"입학 축하해, 컴파!"

서로 인사하며 꼬옥 끌어안는다.

와아, 이거 꽤 감동적인 장면 아냐? B대쉬 이야기를 했을 때는 어떻게 될지 걱정했지만.

이제 얌전한 얼굴로 입학식에 참가하면 돼! 끝나면 이번에 야말로 즐거운 청춘 학원 라이프 스타트!!

조금 전까지만 해도 물거품이 될 뻔한 계획이 눈부시게 부활하는 광경을 그리며 나는 컴파와 장난을 치면서 학교로 향하는 길을 걸었다.

그런데,

"그렇지, 네푸네푸. 하나만 물어봐도 될까요?"

뭔가 생각났다는 듯이 컴파가 물어봤다.

"응, 뭐?"

컴파는 나를 머리끝부터 발끝까지 빠아아안히 바라보더니,

"네푸네푸, 왜 입학식에…… 교복을 안 입었어요?"

깔끔하게 아까의 감동을 물거품으로 만드는 한마디를 던졌다.

이스투아르 기념학원 고등부 1학년. 여신후보
양성과 소속. 게임을 좋아하는 밝고 명랑한
여자아이. 이 작품의 주인공.

001

넵튠

Purple Heart

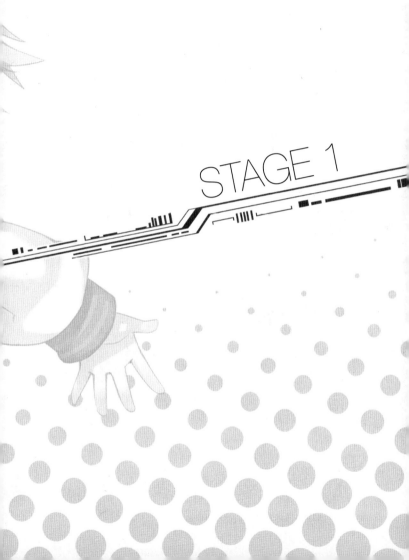

1

입학식은 굉장히 간단하게 끝났다.

뭐랄까, 참가자 쪽이 어안이 벙벙할 정도로 간단히.

안내방송과 함께 들어간 식장(아마 체육관이겠지?)에는 의자
도 아무것도 없고, 정해진 장소에 줄을 서니 '학장'이라는 정
장 입은 아줌마가 단상 위에 올라와 인사.

인사 내용도 "입학을 축하합니다."라는 말도 없이 처음부터
끝까지 종이에 쓰여 있는 걸 그대로 읽는 것 같았고.

그 뒤에는 담임선생 같은 분에게 이끌려 입학식장을 나와
서…… 그걸로 끝.

입학식이라고 하면 중요한 학교 행사잖아? 사실 나는 학교
에 가는 것 자체가 처음이라 잘 모르긴 하지만 전에 컴파한테
들은 것과는 전혀 달랐다.

"먼저 취주악부나 관현악부 선배들의 근사한 연주에 맞춰
멋지게 장식된 입학식장에 들어가는 거에요."

연주도 없었고.

"재학생 모두가 큰 박수로 환영해 주겠죠……."

우리와 학장 아줌마……. 그리고 굳은 얼굴로 입학식장 구
석에 서 있던 선생들밖에 없었다.

신경이 쓰여 입학식 도중 계속 컴파를 봤지만, 컴파도 '이럴

리 없는데'라는 표정이었다.

고개를 갸우뚱거리면서 입학식장에서 받은 안내도를 따라 교실에 도착했다.

컴파와 같은 교실이 된 건 좋지만 뭔가 말이지.

게다가 담임은 프린트를 가져온다고 하고서는 인사도 하지 않고 교실을 나가 버렸다.

그래서 특별히 할 일이 없게 되자

"입학식이라는 게 원래 이런 거야? 컴파한테 들은 것과는 많이 다른데."

입학식 내내 담아 두었던 질문을 컴파에게 했다.

"아…… 아니에요! 이런 건…… 이런 건 제대로 된 입학식이 아니에요!"

예상대로 얼굴이 빨개지면서 힘주어 말하는 컴파.

그렇다면 다른 아이들은 어떻게 생각하고 있을까? 궁금해진 나는 창가 쪽에 있는 자기 자리에서 교실을 둘러보았다.

맨 처음 눈에 들어오는 건 반대편 복도 자리에 진을 치고 있는 한 무리.

남자아이 한 명과 여자아이 몇 명의 그룹인데, 원래부터 친구인가? 즐거운 듯 이야기를 하면서 카드게임을 하고 있다.

가끔 그룹에서도 눈에 띄는 여자애가,

"미안~ 이 아저씨, 오늘은 운이 좋은데."

정말로 아저씨 같은 말투로 신나게 이야기하는 게 들린다.

척 보기엔 입학식에 대해서는 신경 쓰지 않는 것 같아.

나는 그녀에게서 눈을 떼고 다시 교실을 한 바퀴 둘러봤다.

다음은 역시나 사이좋은 그룹으로 보이는 몇 명. 이쪽은 전부 안경을 끼고 있는 게 인상적이었지만 그 이상으로 신경 쓰였던 것은,

(…… 뭐지 저 텔레비전)

어디서 어떻게 가져왔는지는 모르겠지만 오래된 브라운관 텔레비전을 안경 집단 전원이 보고 있었다.

그것만으로도 이상했지만, 텔레비전은 더 신기했다. 내가 보기에는 아무리 봐도 전원이 꺼져 있는데, 아무것도 비치지 않는 화면을 모두가 진지하게 보고 있는 건 왜지…….

어찌 됐건 이 아이들에게는 '새까만 텔레비전'이 입학식보다 중요한 모양이다.

"저기, 컴파. 다들 입학식에 대해서는 신경 쓰지 않나 봐, 원래 그렇게 간단하게 끝나는 건가?"

나는 관찰을 끝내고 컴파에게 말했다.

컴파는 아직도 이해할 수 없다는 표정으로.

"제가 전에 다니던 학교는 달랐어요. 진짜에요."

오른손으로 주먹을 쥐고 내 어깨를 두들기며 호소했다. '그렇게 말해 봤자'라는 생각에 손가락으로 뺨을 긁적이며 컴파의 호소를 듣고 있자니,

"그게 우리 학교 방침이야."

내 바로 앞자리에서 목소리가 들렸다.

고개를 돌리자 한 여자아이가 의자 등받이에 어깨를 기대고 이쪽을 보고 있었다.

긴 밤색 머리카락의 여자아이였다. 한쪽 머리를 옆으로 묶었는데, 묶은 자리에 장식된 떡잎 모양 리본이 귀엽다.

"헬로."

떡잎리본 여자애가 한 손을 들고 말한다.

"헤…… 헬로."

거기에 넘어간 나도 같이 손을 들어 인사한다.

"갑자기 말 걸어서 미안해, 입학식 때문에 당황한 것 같길래."

그런 우리를 보고 입술을 살짝 움직여 웃는 떡잎리본양.

"학교 방침이라니…… 그게 뭔가요?"

입학식 때문에 궁금한 게 많았던 컴파가 몸을 앞으로 쑥 내밀어 떡잎리본양에게 물어본다.

"입학식에서 이야기했던 아줌마가 학장인 건 알지? 마제콘느라고 하는데 그 사람이 학장으로 취임하면서부터 계속 이랬어. 행사에 돈도 수고도 들이지 않는 쪽으로."

"아…… 그런가요……."

"쓸데없는 경비를 삭감하기 위해…… 라는 명목이고, 나도 뭐든 화려한 게 좋다고는 생각하지 않지만, 학장은 그게 지나쳐. 이래서야 너무 따분해서 아무런 추억도 남지 않는다고."

컴파의 눈을 똑바로 바라보며 떡잎리본양은 말했다.

"맞아요, 그거에요! 추억 만들기는 중요하다고요!"

겨우 우리 편이 나타났다! 라는 전개에 컴파도 콧김을 내쉬며 동의한다.

"정말이지 재미없네, 학장이란 사람……. 아 근데 모두 거기에 납득하는 거야? 둘러보니까 모두 아무렇지 않게 받아들이는 것 같은데."

내가 말했다.

떡잎리본양은 "그렇지"라고 고개를 끄덕인다.

"어제오늘 일이 아니거든. 여기는 에스컬레이터 식으로 진학하는 학생이 많아. 너희처럼 다른 곳에서 온 사람이 적어서 그렇게 보이는 것뿐이지. 아마 다른 반은 지금쯤 더 당황하지 않았을까?"

천연덕스럽게 대답한다.

말하는 걸로 봐서는 굉장히 시원스러운 성격이네, 이 떡잎리본양은.

그런 걸 생각하고 있자니,

"아까 네가 빤히 보던 카드게이머들도 그래. 특히 아저씨 같은 말투로 말하는 저 아이, 저래 봬도 군인 같은 분야의 진학 코스 천재라고. 소문으로는 특수부대 스카우트 제의도 받았다지만, 자기는 저렇게 노는 게 좋다고 거절했대."

궁금했던 걸 자세히 설명해 주었다.

"…… 그럼 저기 텔레비전을 보는 애들도?"

이왕 이렇게 된 거, 또 물어본다.

"그쪽도 꽤 유명해. 학과는 일반학과지만 예전에 세상을 떠들썩하게 했던 연쇄 살인 사건을 모두가 협력해서 해결했다던가."

떡잎리본양의 해설은 이쪽도 술술 막힘이 없다.

"흐~음 굉장히 잘 알고 있네. 주간지의 '정보통' 같아! …… 저기……."

"아이에프, 내 이름이야."

이번에는 내가 알고 싶었던 걸 먼저 이야기해 준다.

"아이에프구나. 그럼 아이짱이네."

"아, 아이짱?!"

"응 아이짱……. 저기 아이짱, 설마 나에 대한 것도 알고 있는 거 아냐?"

"처음 보는 사이인데 별명으로 부르지 말아 줄래?"

"에이 그러지 말고, 어때? '정보통' 아이짱."

내 질문에 '떡잎리본양' 아이짱은 나와 컴파를 번갈아 보더니 어째선지 "후우" 한숨을 쉬고는 말했다.

"…… 그쪽의 폭신한 핑크 머리가 간호과의 컴파, 그리고 친한 척하는 너는 넵튠이지."

오오, 굉장하다. 떡하니 적중!!

나와 컴파는 눈을 동그랗게 뜨고 얼굴을 마주 보았다.

"아이짱 굉장하네요. 혹시 점성학과?"

"아니면 역시 '정보통'이나 '업계 관계자'? 주간지 기자 양성과?"

"왜 하나같이 수상쩍은 학과뿐인 거야? 이 학교엔 점성술사 양성과도 주간지 기자 양성과도 없어."

"…… 없구나.

그럼 왜 그렇게 '수상 측근'처럼 잘 아는 거지? 계속해서 떠오르는 의문에 내가 또 입을 열려고 할 때였다.

살짝 뻗은 아이짱의 손이 그걸 막는다.

"잠깐 스톱, 너만 물어보는 건 공정하지 않잖아? 나도 좀 물어보자."

…… 확실히 그럴지도 모르겠네.

"죄, 죄송해요, 아이짱씨. 갑자기 이것저것 물어봐서."

컴파가 고개 숙여 사과했다.

"그 '아이짱씨'도 이상하니까 그만둬……. 이건 나중에 제대로 말하면 되고, 질문해도 돼?"

"괜찮아, 괜찮아, 뭐든 물어보라고!"

"그럼 사양하지 않고……. 너 왜 교복이 아니라 사복이야?"

"……."

"……."

하아, 그 질문인가요. 우리가 이 학교에 오기 전에는 뭘 했냐던가, 그런 게 아니라 이겁니까. 뜸도 안 들이고.

미안하지만 일단 이 이야기는 내 시점에서 진행되잖아? 그러니까 잠자코 있으면 한 챕터 전의 내용은 그 사이에 모두들 잊어버릴 거라고 생각해서 일부러 그쪽으로는 화제를 돌리지 않으려고 했는데…….

"입학식 때부터 계속 궁금했거든, 혼자만 사복인 애가 있어서, 나만 아니라 주변의 다른 애들도 흘끔흘끔 쳐다봤고."

우와아아……. 최악이네요. 그 광경은.

나는 머리를 감싸고 책상에 엎드렸다. 이 상태에서 어물어물 몸을 비비 꼬면서 '그 화제는 꺼내지 않으면 안 될까요?'라는 오라를 전개했지만, 전혀 거리끼지 않고,

"남의 비밀을 듣는 건 재미있단 말이야."

히히, 라는 악마의 웃음과 함께 아이짱의 목소리가 머리 위에서 들린다.

"우우, 처음 보는데다가 서로 알지도 못하는 사이인데 그런 걸 물어보는 아이로구나, 아이짱은."

"처음 보는데다가 서로 알지도 못하는 사이인 사람을 '아이짱'이라고 부르는 애한테는 적당한 질문이라고 생각했어."

크흑, 울어도 통하지 않다니……. 아이짱, 무서운 아이.

"…… 늦잠을 잤어. 누구나 그런 경험은 있잖아?"

난 우물거리며 말했다.

"…… 없어."

아이짱은 내 기분 같은 건 신경도 안 쓴다는 듯이 딱 잘라

말했다.

"역시 늦잠이었네요. 그러니까 어제는 일찍 자라고 했잖아요."

거기에 추격타로 컴파도 참전.

"그런 한심한 이유라니, 듣는 쪽이 다 창피해지네."

아이짱은 이마에 손가락을 대고 고개를 획획 가로저으며 말했다.

…… 우우우, 그렇게 말하다니. 이래서 유야무야 페이드아웃(장면전환)으로 처리하고 싶었는데.

아이짱과 컴파, 두 사람의 뭐라 말할 수 없는 모호한 시선을 이겨낼 수 없어 나는 책상에 엎드렸다.

그때,

"겨우 만났네, 넵튠!"

갑자기 목소리가 들렸다.

아이짱의 시원스러운 목소리도, 컴파의 느긋한 목소리도 아닌, 도전적이고 긴장된 목소리.

어라? 고개를 들어 보니 거기에 있는 건 또 다른 아이.

트윈테일로 묶은 까맣고 긴 머리카락 끝이 내 코끝을 간질이려는 듯 흔들리고 있다.

"앗, 이 타이밍에 새로운 캐릭터?"

깜짝 놀라 몸을 일으켜 그 아이를 본다. 그러자 아이짱이.

"너는 확실히……."

신 캐릭터 트윈테일양에게 말을 걸었다. 그러자 그 신 캐릭터 트윈테일양이 아까 아이짱이 했던 것처럼 손으로 아이짱의 말을 가로막는다.

"미안해, 나는 넵튠과 중요한 이야기를 해야 돼."

"중요한 이야기?"

아이짱이 되묻자 트윈테일양은 "맞아"라고 고개를 끄덕였다.

"아까 이름을 들었으니까……. 틀리진 않은 것 같네. 설마 같은 반이라고는 생각하지 못했어. 넵튠."

"네푸네푸, 아는 사람인가요?"

당황한 컴파가 내 등 뒤에 숨어 속삭였다.

"어, 저기이……. 어디서…… 만났었나?"

"시치미 떼도 소용없어 넵튠. 그때…… 그래, 내 운명을 바꿔놓은 입학시험, 잊었다고는 하지 않겠지!"

"입학시험……."

나는 급히 지난 기억을 되새겼다. 입학시험이라고 해도 석 달 전의 이야기고……. 뭐가…… 뭐가 있었더라? 그것도 남의 운명을 바꿀만한 일이…….

"자, 잠깐만, 잠깐만 기다려!"

그런 일이 있었다면 아무리 내 머리 용량이 부족해도 기억이 날 텐데…….

입학시험…… 입학시험이라.

Ⅱ

나는 '이스투아르 기념학원' 입학시험을 치기 위해 혼자서 시험장에 왔다.

사실은 컴파랑 같이 가고 싶었지만 그럴 수 없는 사정이 있었다.

컴파는 이스투아르 기념학원에 입학시험을 치기 전에는 다른 학교에서 훌륭한 간호사가 되기 위해 공부하고 있었다.

그래서 예전 학교의 선생에게 이스투아르 기념학원의 간호사 양성과에 지원해 보지 않겠냐고 추천을 받아 자는 시간도 아껴가며 열심히 공부한 끝에 입학시험에 붙었다.

하지만 나는…… 지금까지 학교에 다녀본 적도 없고, 무엇보다 다니기 위해서는 어떻게 해야 하는지도 알지 못했다.

나는 컴파랑 같이 살기 전의 기억이 하나도 없고, 지금까지 어디에서 어떻게 살았는지도 전혀 기억이 나지 않는다.

컴파의 말로는 어느 날,

"하늘에서 별똥별처럼 휘익~ 하고 저희 집 앞에 떨어졌어요."

…… 라고 하는 것 같다.

별똥별이라니, 내 일이지만 못 믿겠고. 어디서부터 딴죽을 걸어야 할지 모르겠지만 그때의 일을 포함해 전부 기억이 나지 않으니 어쩔 수 없다. 컴파는 거짓말을 할 아이도 아니니까 사실이겠지.

모든 걸 잊어버려 곤란해 하고 있을 때 컴파는 정말로 친절하게 대해 주었다.

"갈 곳이 없으면 저랑 같이 살아요. 곤란에 빠진 사람을 그냥 놔둘 수는 없으니까요. 그렇죠? 그렇게 해요. 네츄…… 넵튠…… 씨."

"아하하, 내 이름 부르기 어렵지? 컴파가 부르고 싶은 대로 불러."

"그럼…… 그럼 '네푸네푸'라고 부를게요……. 다시 말할게요. 여기서 저랑 같이 살아요. 방은 남으니까요."

딱 하나 기억나는 건 내 이름. 그걸 혀를 깨물어가며 부르면서 컴파는 웃는 얼굴로 나를 받아들였다.

한동안 나와 컴파는 사이좋게 지냈다.

그러던 어느 날, 컴파가 입학을 기대하던 이스투아르 기념 학원의 팸플릿을 바라보며 한숨만 쉬고 있었다.

궁금해서 물어보니,

갑자기 신입생 학비가 내년부터 인상된다는 연락이 왔다고 한다.

아르바이트든 뭐든 해서 학비를 마련하려고 했는데 이런 처사라니. 인상폭은 아르바이트를 늘리는 정도로는 어림도 없을 만큼 컸다.

"겨우 입학시험에 붙었는데……. 이래서야 다닐 수가 없네요. 아쉽지만 진학은 포기해야겠어요."

"안돼, 컴파! 매일 열심히 공부했잖아! 뭔가…… 뭔가 좋은 방법이 있을 거야!"

나는 컴파의 손에서 팸플릿을 낚아챘다.

잘하면 학비가 반액이 되는 방법이 나와 있지 않을까…….

팸플릿을 뒤적이자 바스락, 하고 무언가가 떨어졌다.

팸플릿 사이에 봉투를 끼워놨구나. 무심코 그 봉투를 집은 나는 떡 하니 굳어 버렸다. 봉투에는,

'특기입시와 파트너십 입학제도(학비면제제도) 안내'

라고 써 있었다.

"학비면제제도!?"

놀란 나는 그 글자를 가리키며 컴파에게 봉투를 내밀었다.

컴파는 "아아, 그건……." 이라고 말하며 봉투를 집었다.

"그건 저와는 상관없어요. 이스투아르 기념학원에는 굉장한 특기나 재능을 가진 사람에게 무료로 공부를 시켜 주고, 그 사람이 파트너로 지정한 사람이 같이 입학하면 학비를 반액으로 해주는 제도가 있지만…… 저는 일반 입학시험이니까요."

다음 순간, 나는 소리질렀다.

"아니아니아니! 상관있어! 그게 바로 한 방에 뒤집을 찬스라고!"

"한 번 더 시험을 보라고요? …… 안돼요. 전 그런 특기도

재능도 없는걸요."

"아니라니까! 시험을 보는 건…… 바로 나!"

척, 하고 가슴을 치며 말했다.

컴파가 이해가 안 된다는 듯, 눈을 깜박이며 나를 봤다.

"내가 그 특기입시를 치를 거야. 합격하면 컴파를 파트너로 삼을게! 그러면 컴파도 학교를 포기하지 않아도 되잖아?"

"네, 네푸네푸가!?"

"그래, 나도 예전부터 학교에 관심이 있었거든. 컴파랑 같이 매일 즐겁게 학교에 다니고 싶어. 응? 어때? 이 작전."

"그, 그거야…… 만약에 네푸네푸랑 같이 학교에 다니면…… 즐거울 거에요. 굉장히, 굉장히 즐거울 거에요!"

"그럼 결정! 나도 학교에 갈래!"

소리 높여 선언했다.

지면에 추락…… 한 뒤 도움을 받은 이래 몇 개월 동안이나 컴파에게 신세를 지고 있었으니 은혜를 갚아야지.

"하지만 어떤 특기로 들어갈 건데요? 게임을 조금 잘하는 정도로는 입학이 안 된다고요."

"괜찮아, 컴파도 알잖아. 나만이 할 수 있는 굉장한 기술! 그걸 보여주면 관심을 가질 거야."

컴파의 설명에 따르면 보여주는 특기는 스포츠, 그림, 요리 등 뭐든 괜찮은 것 같다. 어찌됐건 시험관이

"이 재능을 우리 학교에서 발휘해 줬으면!"

이라고 생각하면 승리.

나에게는 굉장한 특기가 있다. 누구도 흉내 내지 못할 정말 정말 굉장한 특기가.

나와 컴파는 그걸 '변신'이라고 부르고 있다.

어째서 그런 게 가능한 건지 정확한 이유는 모르지만, 나는 말 그대로 자기 모습을 바꿀 수 있어.

키도 커지고, 가슴도 커지고……. 그건 넘어가고, 변신하면 무슨 이유인지는 모르겠지만, 굉장히 세진다.

그 힘은 나도 깜짝 놀랄 정도로 치트키 같은 성능. 마을 근처에 출몰하는 몬스터를 퇴치하는 일은 식은 죽 먹기고, 총이나 로켓 런처로 무장한 고슴도치 같은 은행강도를 붙잡은 적도 있으니까.

이 특기를 보여주면 모험가나, 군대나, 그런 방면으로 진학하는 학과에 입학할지도 몰라. 그렇게 하면 컴파랑 학교생활을 보낼 수 있어!

"나, 머리 좋지 않아? 완벽한 작전이지?"

라고 자화자찬.

여기까지 설명하고 내가 고개를 끄덕이자,

"진짜 완벽하네요! 네푸네푸, 고마워요!"

깜박이던 눈이 촉촉하게 변하고는 컴파가 나를 껴안았다.

"우와와! 갑자기 껴안지 말라니까. 컴파는 가슴이 커서 숨을 못 쉬겠다고"

…… 이렇게 해서 시험 당일.

나는 동네에 울리는

"네푸네푸, 시험 잘 봐요!"

라는 응원을 받으며 시험장으로 가서 담당 시험관에게 큰 목소리로 선언했다.

"수험번호 70831번 넵튠입니다! 보여줄 특기는…… 변신입니다!"

그때 같이 시험을 본 사람들은 하나같이 강렬한 특기를 가진 사람들이었다.

'눈에서 빔이 나온다'라거나 '아무것도 없는 곳에서 터치펜으로 맵핑을 할 수 있다'라던지 그 중에는 '카드덱에서 몬스터를 소환하는데다가 이중인격이다'라는 굉장히 욕심 많은 특기(……겠지?)를 가진 사람도 있어 어떻게 될지 고민했지만, 다행히 내 변신도 시험관의 마음을 사로잡은 모양인지

"넵튠, 이었지. 자네의 특기를 자세히 보고 싶은데. 다른 곳에서 한 번 더 될까?"

그 중 한 명이, 콧김을 거칠게 내쉬며 말을 걸었다.

물론, 거절할 이유도 없어서 시험관의 말대로 그 '다른 곳'으로 갔다.

그게 30분 전의 이야기.

지금 있는 곳은 높은 돔 모양의 천정이 있는 건물로 안은 텅 비어 있다.

반짝반짝 빛나는 타일이 바닥 한 면에 깔렸고, 건물 모퉁이에는 하나씩 텔레비전 카메라 같은 게 놓여 있다.

그 외에 집기는 딱히 눈에 들어오지 않는다. 출입구와 조명 정도.

체육관(?)이라기엔 조금 좁은 것 같은데…… 라고 생각하고 있자니 뒤에서

"기다리게 해서 미안해"라는 목소리가 들려와 돌아봤다.

거기에 서 있는 건 아까 나에게 말을 걸었던 시험관과 또 한 사람.

긴 은색 머리가 나부끼는 여자아이였다.

이 아이도 수험생인가?

"소개할게, 이 아이는 느와르. 우리 이스투아르 기념학원 중등부, 여신후보 양성과의 에이스야."

고개를 갸우뚱거리자 시험관이 은발의 여자아이를 소개했다.

응? 무슨 일이지? 어떻게 된 일인지 몰라 고개를 좌우로 갸우뚱갸우뚱.

"자세한 건 나중에 설명해 줄게. 지금은 너의 힘을 좀 더 확인해 보고 싶어. 방법은 간단해. 지금부터 너는 여기 있는 느와르와 싸우면 돼."

"싸, 싸운다고요? …… 아, 스포츠?"

"바보구나. 싸운다는 건 말 그대로야. 나와 본격적으로 싸운다는 거지."

내 질문에 대답한 건 시험관이 아니라 느와르라는 이름의 여자아이였다.

그래도 싸운다는 건 걷어차거나 때린다거나…… 하는 거 맞지? 왜 입학시험에서…….

"이곳의 상황은 카메라로 다른 시험관도 보게 될 거야. 여기서 느와르랑 싸워서 우리가 네 실력을 확인하면 이 학원에 다니게 하지. 어때? 넵튠군."

시험관이 말했다.

알지도 못하는 여자아이와 싸우라고 하면 솔직히 어이가 없지만…… 하지만…… 여기서 기절하면,

"시험관님, 물어볼 게 있는데요."

"뭔데?"

"만약에 입학이 되면, 학비 말인데……. 파트너 할인? 진짜인가요?"

"물론이지. 네 학비는 전액 면제. 그리고 파트너로 우리에게 추천하고 싶은 사람이 있으면 그 아이의 학비는 반액. 틀림없어."

…… 그런, 가요.

그렇다면 어쩔 수 없네. 이게 내가 할 수 있는 보은이니, 할

수밖에 없어.

나는 고개를 끄덕였다.

"알았어요. 할게요. 변신해서 저 아이와 싸우면 되는 거죠?"

그렇게 말하고 숨을 크게 들이마셨다.

"그럼 간다……. 변신!"

의식을 집중하고 외친다.

동시에 가슴속이 뜨거워지며 평소에는 숨어있던 무언가가─파워? 에너지? 차크라? 파문? ─자신도 어떻게 표현할지 알 수 없는 무언가가 풀려나 전신을 휘감는다.

변신할 때는 언제나 이런 느낌이다. 정신을 놓으면 이 감각에 삼켜져 의식이 멀어질 것만 같다. 그걸 견뎌내면 어느 순간, 머릿속이 텅 비게 된다.

다음에 찾아오는 게 몸의 변신. 눈높이가 올라가 세계가 조금은 다르게 보인다.

내 입으로 말하는 것도 그렇지만 작은 가슴은 보기 좋게 부풀어 오르고, 허리는 잘록해지고, 동시에 몸 속의 근육이 긴장되는 걸 느낄 수 있다.

근질거리는 위화감이 목덜미에 느껴지면서 마치 두 개의 나선을 그리는 것처럼 땋은 머리가 허리 언저리까지 뻗는다.

지금까지 입고 있던 옷이 빛나는 분자가 되어 사라지고, 대신 전신을 휘감는 건 짝 달라붙는 검정과 보라색의 코스튬이다.

그리고…….

"오래 기다렸지. 언제라도 괜찮아."

나는 흘러내리는 앞머리를 단단한 장갑으로 감싼 손가락으로 넘기며 말했다.

"그 모습과…… 코스튬. 과연 허풍을 떤 건 아니구나. 아까와는 분위기가 많이 달라졌네. 너처럼 여신화의 영향으로 눈빛부터 말투까지 전부 변하는 아이는 처음 봤어."

나를 날카로운 눈빛으로 바라보며 느와르가 입을 연다.

"컴파에게도…… 친구에게도 자주 듣는 이야기야. 하지만 지금은 그런 이야기를 할 상황이 아니잖아? 우리, 서로 싸워야 한다고."

"…… 아아, 그렇지. 너는 이제부터 나와 싸워서, 쓰러질 테니까."

느와르는 희미한 웃음을 지었다.

"무기를 부탁해요."

"모의전용을 쓰면 돼. 몇 개 준비해 뒀으니까 둘 다 마음에 드는 걸 쓰도록 해."

시험관이 그렇게 말하고는 손에 들고 있는 스위치를 조작하자 마주보고 있던 나와 느와르 사이에 끼어드는 것처럼 타일 바닥이 열리고, 아래에서 몇 개인가의 무기가 매달려 있는 선

반이 올라왔다.

손에 들고 확인해 보니 이 무기들은 급소에 일정한 세기로 맞으면 센서가 반응해 빛과 진동으로 판정을 알리는 것 같았다.

(집에 있는 체감형 게임 컨트롤러랑 비슷한 거네……)

몇 종류의 무기 중 내가 고른 건 장검 타입.

느와르는 손에 짧은 검을 두 개 들고 있었다. 아무래도 이도류로 승부하려는 것 같다.

우리는 서로 말을 나누지도 않고 무기를 손에 든 채로 마주한다.

"시합시간은 5분, 공격이 상대의 손목이나 심장, 목 등의 급소에 맞았다고 판정된 시점에서 승부를 낸다. 그럼 둘 다 정정당당하게 승부를 내도록, 시작!"

시험관의 목소리를 신호로 시합은 시작되었다.

"이야아아아압!"

시합 개시와 동시에 느와르가 기합이 들어간 소리를 내며 공격해 왔다.

자세를 낮추고 두 개의 검을 지면에 스치는 듯한 궤도로 휘두른다.

"으읏!"

내 검을 비스듬히 내려 그 공격을 흘려냈지만, 느와르는 오른손의 검으로 공격을 막으며 자유로운 왼손을 가로로 그어

미간을 노린다.

피할 것인가, 밀어붙일 것인가…….

(피하기엔 늦어!)

느와르의 오른손을 막고 있던 검을 축으로 삼아, 옆으로 돌아가기 위해 머리를 숙이고 몸 전체를 앞으로 밀어낸다.

느와르가 휘두른 검이 방금까지만 해도 내 머리가 있던 공간을 찢어발기는 소리가 났다. 검이 닿지 않아 그녀의 몸이 휘청거린다. 그걸 놓치지 않고 어깨가 서로 닿도록 전력을 다해 밀어낸다.

(…… 이대로 한번에 자세를 무너뜨려서…….)

"그렇게는 안돼!"

느와르가 내 생각을 읽은 듯 소리치고는 휘두른 왼손의 기세를 멈추지 않고 검을 뿌렸다. 검 끝이 내 머리가 있던 장소를 넘어 떨어져 땅에 박힌다. 옆으로 구른 듯한 자세가 되는 느와르.

부딪혔던 어깨와 어깨가 스쳐 우리는 결국 서로 위치를 바꾸는 것처럼 마주 보았다.

"…… 굉장해."

이런 동작을 보여준 사람은 지금까지 본 적이 없다. 가축을 습격하는 몬스터나 부근의 강도들하곤 비교할 수도 없다.

솔직하게 그 기분을 이야기하자.

"당연하잖아. 내가 지금까지 얼마나 특훈을 해온 거라고 생

각하는 거야……. 자연발현인지 뭔지는 모르겠지만 그런 말도
안 되는 사람에게!"

느와르는 눈꼬리를 치켜올리고는 아까 전의 돌진을 뛰어넘
는 스피드로 다시 공격해왔다.

"질 수 없어!"

폭풍 같은 연속공격이 덮쳐온다. 느와르는 두 자루의 검을
마치 자기 팔처럼 자유자재로 움직여 상하좌우에서 끊임없이
공격해 왔다.

칼날이 없는 시합용 무기라는 걸 알고 있지만, 한번이라도
맞으면 죽을 것 같다는 생각이 들 정도로 모든 공격에 살기가
담겨 있다.

"쓰러뜨릴 생각으로 왔구나……. 단순한 모의전이 아니야?"

방금 만난 사람에게 어째서 이 정도로 적의를 보이는
지…… 조금은 궁금했지만 여기서 일방적으로 지게 되면 컴파
와 한 약속을 지킬 수 없게 된다.

"…… 그렇다면, 너에게 원한은 없지만!"

나도 손을 놓고 있을 수는 없었다. 전력으로 그녀의 공격을
막아내고, 빈틈이 생기면 공격을 한다.

이번에는 곡예 같은 움직임 없이 발을 디딘 자리에서 한 발
자국도 물러나지 않고 서로 공격을 주고받았다.

"건방지게, 내 공격을 따라잡다니!"

"나도 친구랑 소중한 약속을 했어! 미안하지만 봐주지 않는다고."

"마찬가지야! 속도를 높이면 돼!"

"막아내겠어! 무슨 일이 있어도!"

얼마나 대치하고 있었는지 알 수 없다. 3분이라는 건 이렇게나 길게 느껴지는 거였나…….

이대로라면 끝이 없어. 이렇게 되면 모 아니면 도야!

나는 점점 빨라지는 느와르의 공격을 받아넘기는 손을 약간, 아주 약간 느슨하게 하고 반보 뒤로 물러섰다.

"여기까지다!"

내가 물러선 걸 눈치 챈 느와르가 더욱더 속도를 높인다.

(걸려들었어!)

나는 느와르의 호흡에 맞춰 이번에는 크게 한 걸음 물러섰다.

"아앗!"

내 예상대로, 한 방에 끝을 내려던 느와르는 앞으로 고꾸라졌다. 온 힘을 다한 듯, 이때까지 내가 막아낸 공격의 반동이 느와르의 상반신을 잡아당겨 쓰러진다.

"당했다! 같은 수법에!"

"여기서 끝내겠어!"

천재일우! 나는 물러설 때 거두었던 검을 한 번에 앞으로 찔렀다. 이 궤도라면 심장에 직격! 이길 수 있어!

"그렇게는 안 돼!"

하지만 느와르의 집념도 대단했다. 고꾸라지면서도 오른손의 검을 내 목덜미를 향해 내던졌다.

피하려 고개를 돌렸지만, 그 탓에 검의 궤도가 살짝 어긋나 버렸다. 이래서는 심장에 닿지 않아.

결국 느와르가 던진 검은 내 목덜미를 스쳐갔고 내가 휘두른 검은 느와르의 심장이 아닌 왼쪽 어깻죽지를 찔렀다. 동시에 우리는 바닥에 나동그라졌다.

"거기까지!"

그 순간, 제지하는 목소리가 들렸다.

(끝났…… 나?)

쓰러진 채로 멍하니 생각했다.

이긴 건가? 진짜 검이라면 내 일격은 느와르의 어깨에 깊이 박혔겠지만, 규칙에 따르면 어깨는 급소가 아니다.

느와르가 던진 검은 내 목덜미를 스쳐 지나갔다. 종이 한 장 차이…… 라고 할 수 있지만 판정하기엔 모호하다.

"기다려 주세요. 선생! 아직 결판이 나지 않았어요!"

느와르도 똑같은 걸 생각한 듯, 벌떡 일어나 시험관에게 항의했다.

또…… 하는 건가? 하지만 솔직히 이제…… 한계야…….

지금까지 나, 이렇게 긴 시간 동안…… 그것도 한계까지 집중한 상태로…… 변신한 적은…… 없으…… 니까…….

느와르와 시험관의 말다툼은 그 뒤에도 계속됐지만 내 의식은 거기서 멀어졌다.

III

"설마 네가 그때의 느와르라니……. 나 전혀 몰랐어."

손에 든 오렌지 주스를 빨대로 빨아올리며 말했다.

"그때는 여신화하기 전 모습은 보여주지 않았으니까…….
그건 그렇고 정말로 변신 때와는 인상이 전혀 다르네."

느와르도 맞은편 자리에서 콜라가 든 잔을 입에 가져가며 말한다.

느와르가 잔에 입을 대고 콜라를 마시려던 때였다.

코를 푸는 소리가 주변에 울려 퍼진다.

"자, 잠깐, 뭐 마시는 중에 그러면 어떻게 해?"

"죄, 죄송해요. 네푸네푸가 저를 위해 시험을 본다고 했을 때가 생각나서……."

소리의 발생원은 컴파.

"아아, 울지 마. 컴파는 금세 이렇게 훌쩍거린다니까. 음료수에 눈물이 들어가잖아."

보통 때도 차가운 느와르의 눈매가 더욱더 차가워진 걸 보고, 나는 당황해서 컴파에게 손수건을 건넸다.

컴파가 시킨 건 설탕과 생크림이 듬뿍 들어간 달콤~~~한 밀크라떼…… 지만 이대로라면 짭조름해질 것 같은데.

"네푸네푸, 다시 한 번, 고마워요!! 네푸네푸 덕에 저는…… 저는……."

"아아─정말, 그 이야기는 이제 끝났어. 나도 정말로 학교에 가고 싶었다고. 마찬가지라고? 마찬가지."

이래서야, 진정될 때까지 시간이 걸리겠네.

나는 한 손으로 컴파의 눈물을 닦아 주며, 다른 손으로는 미안하다는 손짓을 보냈다.

느와르는 '어쩔 수 없지'라는 표정으로 컴파를 보며 꿀꺽꿀꺽 콜라를 마신다.

거기에,

"자, 감자튀김이랑 닭꼬치랑 피자만두, 기다렸지. 일부러 사 온 거니까 고마워하라고."

아이짱이 김이 모락모락 오르는 쟁반을 들고 우리가 앉아 있는 테이블로 돌아왔다.

"…… 그런데, 돌아와 보니 컴파가 울고 있네?"

아하하, 여러 가지 일이 있어서, 라고 웃으며 얼버무려 본다.

아, 그렇지. 지금 상황을 설명해야지.

우선, 우리가 있는 곳은 학교 안뜰(이라고 해도 이 근방의 자연공원보다도 훨씬 넓지만)에 있는 학생용 카페테리아.

깨끗하게 정비된 잔디밭에 벽돌로 지은 귀여운 건물로 학생이라면 누구나 자유롭게 이용할 수 있다.

아이짱 말로는 이런 곳이 여기 말고도 학원 곳곳에 있어서 방과 후나 쉬는 시간에는 언제나 북적거린다고 한다. 굉장하구나, 이스투아르 기념학원은.

지금은 점심시간, 붐비는 시간대지만 아이짱이 재빨리 빈 테이블을 찾아 모두가 이야기할 수 있는 자리를 마련해 주었다. 빈틈이 없다니까, 아이짱은.

사실은 아까 교실에서 느와르에게,

"드디어 만났구나, 원수!"

라는 말을 듣고는 잠시 머리를 감싸쥐고 기억을 되새기고 있자니 선생이 돌아오는 바람에 어물쩡 끝나버렸다.

뭔가 잇새에 야채 찌꺼기가 낀 듯한 꺼림칙한 기분으로 선생이 이야기하는 학교생활의 주의점이나 앞으로의 일정에 대한 이야기를 듣고, 학생증과 교과서를 받고…… 이래서야 이야기는 내일 해야 하나 생각하고 있자니

"나는 신경 쓰이는 일을 남겨놓는 걸 싫어해. 오늘은 이걸로 수업이 끝났으니까 시간이 남으면 아까 하던 이야기를 계속하자."

라고 아이짱이 제안했다. 그리고 '말을 꺼냈으니 책임을 지겠다'는 아이짱에게 끌려 이 카페테리아로 장소를 옮겼다.

나도 참, 선생 이야기도 대충 듣고 계속 입학시험 때 일만

생각하다가 겨우 생각난 게 느와르라는 아이와 시합을 했던 것뿐이야.

나는 그 뒤 완전히 정신을 잃어서 눈을 떠 보니 양호실 침대에서 자고 있었으니까, 실감이 나지 않았거든.

그런 일도 있어서 어디까지 이야기를 해야 할지 고민하다가 결국 내 처지부터 왜 이 학교에 입학하려고 했는지까지 전~부 설명하기로 했다.

그 결과 알게 된 게 나와 시합을 한 은발의 여자아이─느와르와 눈앞에 있는 흑발의 트윈테일양이 동일인물이라는 것.

"그 시합을 했던 상대가 입학하면 한 번 더 만나서 결판을 내고 싶었어. 그날부터 넵튠이라는 이름을 한순간도 잊은 적이 없다고."

머리색은 달라도 말하면서 나를 보는 쿡쿡 찌르는 듯한 눈빛은 똑같아서 나도 그녀가 같은 아이라는 걸 실감했다. 그리고 지는 걸 싫어하는 아이라는 것도 알게 되었다.

"하지만 결판을 낸다고 해도……."

나는 무사히 입학했고, 그런 죽네사네하는 살벌한 관계보다는 이왕 같은 반이니 사이좋게 지냈으면 하는데.

그걸 어떻게 전해야 하나 생각하고 있자니…… 배가 꼬르륵 울렸다.

"아이짱, 배고파."

"얘기가 너무 엇나가잖아……. 그리고 그 별명 그만두라니까."

"너무 쌀쌀맞다. 아이짱이 듣고 싶다고 해서 이것저것 이야기해 줬잖아."

"그거랑 이거는 다르다고. 먹을 거 사 올 테니까 '아이짱'이라고 부르지 마."

"어, 정말? 럭키!"

그렇게 아이짱이 먹을 걸 주문하러 자리를 떠난 사이, 지금까지 한마디도 하지 않고 가만히 이야기를 듣고 있던 컴파가 갑자기,

"그러니까, 제가 이렇게 공부를 할 수 있는 것도 다 네푸네푸 덕분이에요오~."

떨리는 목소리로 흐느끼나 싶더니 울상이 되어 눈물을 흘리기 시작했다.

"그건 그렇고…… 네프코가 이 학원에 지원을 한 건 그런 이유였구나."

겨우 내가 컴파를 진정시켰을 때, 아이짱이 말했다.

그런데 '네프코'라는 건 내 별명?

"들어보니 미담인데? 친구의 학비를 떠안기 위해 발 벗고 나서다니. 느와르도 이 마음씨를 보고 봐주면 어떨까?"

느와르 옆에 앉아 테이블에 산처럼 쌓인 감자튀김을 집어 먹으면서 아이짱은 말했다.

"그, 그렇게는 안돼! 화, 확실히…… 좋은 이야기라고는 생

각하지만……."

텅 빈 콜라컵을 탕하고 테이블에 내려놓으며 느와르가 말했다.

"자존심이 용서하지 않는다는 거야? 뭐, 여신후보 양성과 중등부 톱이었던 수재로서 밖에서 굴러 온 말 뼈다귀 같은 아이와 무승부라니, 받아들일 수 없겠지. 알 것 같아."

"과거형으로 말하지 마. 나는 고등부에서도 다른 사람에게 수석을 양보할 마음은 없으니까."

느와르가 다시 차가운 눈으로 아이짱을 봤다.

"나한테 뭐라고 하지 말라고, 네 상대는 저쪽이야."

아이짱은 크게 신경 쓰지도 않고 감자튀김 기름으로 번들거리는 손가락으로 날 가리켰다. 그러자 느와르의 차가운 눈이 나를 향했다.

…… 아니, 나는 결판을 낼 마음이 없는데.

정말로 곤란하게 됐네.

그렇다고 해서 무시할 수도 없고.

"흐음, 느와르는 우등생이로구나. 그럼 시험 볼 때 도와줄래? 나 공부는 잘 못하거든."

나는 느와르를 향해 활짝 웃었다.

하지만,

"잘도 뻔뻔스럽게……. 말했잖아? 너랑 결판을 낸다고. 그런데 왜 같은 학과의 라이벌을 도와줘야 하지?"

"같은…… 학과? 나랑 느와르가?"

"그 외에 누가 있어. 네가 어떻게 입학했는지 모르는 거야?"

그거야 느와르랑 싸워서 비겼기 때문에 내 특기를 시험관 분들이 인정해 줘서…… 어? 그렇다는 건, 그런 건가?

나는 아까 교실에서 받은 새 학생증을 주머니에서 꺼내 다시 한 번 자세히 보았다.

광택이 있는 반투명 카드 모양의 학생증에 제일 먼저 눈에 들어오는 게 웃고 있는 내 사진. 그 옆에 이름과 소속 학과가 적혀 있다.

이름 '넵튠'. 응 이건 맞아.

소속 '이스투아르 기념학원 고등부 1학년 A반, 여신후보 양성과'

"어라라!?"

어라 쓰여 있네. 확실히 적혀 있어. '여신후보 양성과' 라고.

모, 몰랐어……. 나는 일반학과에 입학한 줄 알았는데.

"굉장해요. 네푸네푸! 네푸네푸가 여신후보로 뽑힐지도 모른다는 거네요. 깜짝 놀랐어요!"

"어, 컴파 갑자기 부활?"

갑자기 귓가에서 컴파의 목소리가 크게 울려 나는 학생증을 떨어뜨릴 뻔 했다.

"아, 질렸다! 너, 자기가 무슨 학과에 입학했는지도 몰랐던 거야?"

"상상 이상으로 바보구나……. 이래서야 앞으로 고생할지도."

테이블 맞은편에 있는 사람들에게 바보취급을 당한 것 같지만 그건 가볍게 무시하고.

"저기 컴파, 여신후보 양성과는 무슨 공부를 하는 학과야? 왜 내가 대단한 건데?"

나는 학생증에 적혀 있는 학과명을 손으로 짚으며 컴파에게 물어봤다.

순간 이번에는 테이블 맞은편에서 우당탕 쿵탕, 커다란 소리가 났다.

"이런 아이에게…… 이런 아무것도 모르는 애 상대로 나는…… 나는! 이건 정말로 절대로! 뭐라고 해도! 철저하게 해치워버리지 않으면 분이 풀리지 않아……. 넵튠!"

느와르가 테이블에서 몸을 내밀어 나를 바라본다. 긴 트윈테일이 거꾸로 설 듯한 기세다.

"네, 네?"

"오늘부터 나는, 모든 부문에서 너에게 앞설 거야! 공부도! 스포츠도! 뭐든지! 그걸 잘 기억해 두라고!"

"왜 그래야 되는데? 이기느니 지느니 그런 건 그만두자. 나는 느와르랑 사이좋게 지내고 싶은데……."

"거절하겠어. 이제 승부는 시작됐거든. 먼저 첫 승부로 다

다음주의 신입생 환영 체육 대회에서 최초의 1승을 거둘 테니까. 그때까지 여신후보가 된다는 게 얼마나 힘들고 중요한 일인지 이해해 보라고."

내 말엔 귀도 기울이지 않는다. 느와르는 나에게 일방적으로 선전포고를 하고는 그대로 자기 짐을 들고 자리에서 일어났다.

"아, 잠깐! 피자만두 시킨 거 느와르잖아. 안 먹어?"

"…… 줄게. 그거랑 닭꼬치도 먹고 뚱보가 돼서 체육대회에서 한심한 모습이나 보이라고."

아, 정말? 먹어도 되는구나. 그럼 사양하지 않고,

나는 느와르가 남긴 피자만두를 집어 한 입 먹었다.

느와르는 그런 나를 빤하니 바라보았다.

"……."

"뭐, 뭐야? 벌써 먹었다고. 지금 와서 되돌리기 없기다?"

"그런 말 안 해!"

결국, 느와르는 마지막까지 차가운 눈초리를 거두지 않은 채 가버렸다.

지는 걸 싫어할 뿐 아니라 화도 잘 내는 아이인가?

"네푸네푸, 괜찮아요?"

느와르가 가고 난 뒤, 걱정스러운 얼굴로 컴파가 내 어깨를 흔들었다.

"으…… 음, 내일부터는 같은 반에서 매일 얼굴을 맞대고 지

내니까. 괜찮아, 조금씩 사이가 좋아질 거야."

"그렇게 느긋한 것도 일종의 재능이네."

자기 몫인 감자튀김을 남기지 않고 먹어버린 아이짱.

"…… 그럼 예정과는 달라졌지만 나도 듣고 싶은 이야기는 다 들었으니 오늘은 이만 돌아갈래."

보기 흉하게 손가락에 묻은 소금을 핥으며 말한다.

"예정이라니?"

"아아, 내 예정 이야기야……. 그렇지, 나는 네프코랑 컴파하고 경쟁할 마음은 별로 없으니까 걱정 마. 친하게 지내자."

"네, 잘 부탁해요. 아이짱씨."

"'아이짱씨'라고 부르지 말라니까!"

"맞아 컴파, 짱 뒤에 씨라고 부르는 건 이상하잖아 '아이짱'이라고 부르면 돼……. 그렇지?"

"남의 말을 듣지 않는 애들이라니까……. '아이짱'도 안 돼……. 하지만 뭐 괜찮아. 너그럽게 봐줄게, 따분할 것 같아서 마음이 내키지 않았지만 네프코랑 같이 있으면 재미있을 것 같으니까 트레이드 오프."

"오오, 뭔가 어려운 단어!"

"그럼 잘 부탁해요. 아이짱."

"네네."

마지막 남은 닭꼬치를 내 손에 쥐어주고 아이짱은 자리에서 일어났다. 빈 쟁반을 치워 주려는 것 같다.

"그럼 내일 봐……. 그렇지. 괜한 참견 같지만 자기가 다니는 학과에 대해서는 내일까지 조사해 봐."

"아, 응, 그럴게!"

그 말에 나는 솔직히 고개를 끄덕였다. 나로서는 컴파와 즐겁게 학교에 다니면 만사 오케이지만, 느와르의 태도도 신경 쓰이거든. 아주 조금, 이지만.

"그리고 교복은 제대로 입고 와. 또 이 학교, 지각에는 엄격하니까 그것도 조심하고. 컴파는 넘어가더라도 네프코는 그런 거 신경 안 쓸 것 같으니."

"너무하네. 괜찮다니까! 아이짱, 사실은 걱정이 많은 타입?"

"상식인이라고 해줬으면 좋겠네……. 지각에 관해서는 걱정 안 해도 되겠지. 이제부터 매일 강제로 깨워줄 테니까."

"아이짱이? …… 그건 고맙긴 하지만 폐를 끼치는 것 같은데……. 그런데, 왜?"

어리둥절해서 내가 물어보니 아이짱은 씨익 웃으며 나와 컴파를 차례대로 보더니,

"우리, 이제부터 룸메이트인걸. 상식인으로서 늦잠은 절대 용서하지 않으니까, 각오해 두라고."

생각지도 못했던 말을 꺼냈다.

IV

아, 안돼. 역시 안돼. 안돼. 안돼안돼.

저언~혀 머리에 안 들어와.

"나는 지금까지의 인생에서 문자만 3줄 이상 있는 것은 읽어본 기억이 없다고. 응, 없어!"

난 꾸욱 주먹을 쥐며 말했다.

"아니에요, 네푸네푸. 대사가 많은 게임도 매일 가지고 놀잖아요?"

"요즘 게임은 풀 보이스가 당연하다고. 글자 안 읽어도 알아듣는걸."

"만화도 읽잖아요? 뭐더라? 소년탐정이 나오는 거, 그건 그림보다 글자가 많은 것 같은데요."

"모든 페이지에 그림이 있으니까 괜찮다고. 소설은 진짜 힘들어. 나는 라이트노벨도 제대로 읽을 수 있을지 모른다고? 어차피 처음부터 그럴 목적으로 쓴 거니까 전부 빨리 애니화나 되라고."

"네푸네푸, 그런 아슬아슬한 발언은 미디어를 골라가며 했으면 하네요. 일단 이것도……."

"어찌됐건 안 되는 건 안 되는 거라고……. 결정했어! 나 장래에는 훌륭해져서 부자가 된 뒤에 세상의 모든 라이트노

벨을 애니메이션으로 만드는 회사를 세울래!"

나는 털이 긴 꽃무늬 카펫 위를 데굴데굴 구르며 선언했다.

"회사를 만들어 부자가 되려면 공부를 해야겠죠? 그걸 위해서는 학교에 다녀야 해요. 학교에 대한 걸 모르면 안되잖아요."

"그럼 회사는 그만둘래."

"네푸네푸, 점심때 학교에서 아이짱하고 약속했어요. 네푸네푸는 새로운 친구와 한 약속을 깨버리는 나쁜 아이가 아니잖아요?"

"으으…… 약속…… 인가."

그럼 어쩔 수 없지. 나도 알고 있다고. 진짜야.

나는 천천히 몸을 일으켜 옆에 있는 펭귄 비슷한 귀여운 몬스터(?) 무늬 쿠션을 끌어안고 컴파와 마주보았다.

참고로 카펫 무늬도 이 펭귄 무늬 쿠션도 컴파의 취향이다. 이 방에 있는 건 내 게임기와 텔레비전 외엔 귀여운 걸 좋아하는 컴파의 취향대로 꾸몄다.

우리는 지금 기숙사에 있다.

기숙사. 학생 기숙사.

으–음, 지금까지의 생활에는 없었던, 신선한 느낌!

입학식과 그 뒤의 이런저런 일들을 끝낸 뒤 느와르랑 아이짱하고 이야기를 마친 우리는 졸업할 때까지 신세를 질 학생

기숙사에 돌아왔다.

이 학교는 이른바 전원 기숙사제 학교로, 학생들은 모두 학교 부지 안에 있는 네 기숙사 중 하나에 들어가 생활해야 한다.

컴파가 눈물로 돌아봤던 내 결의와 더불어 열심히 노력한 보람이 있어 무사히 입학한 우리는 오늘부터 이 기숙사로 이사를 왔다.

입학식까지 짐을 나르는 게 어려웠지만 말이야.

그때까지 우리가 살고 있던 집은 컴파가 이웃에게 졸업할 때까지 돌봐달라고 부탁했다.

하지만 기숙사에서 생활하는 건 제대로 입학해서 수속을 밟고 난 뒤라, 오늘은 아침부터 지각 직전의 한심한 사태까지 갔지. 뭐, 내일부터는 그런 걱정은 없을 것 같네.

"그럼 나는 볼일이 있어서 나갔다 올게. 통금 전까지는 돌아오겠지만 늦어질 것 같으니까 신경 쓰지 말고 자면 돼."

실력행사를 해서라도 나의 늦잠을 저지하겠다고 선언한 장본인이자 또 한 명의 룸메이트인 아이짱은 셋이 같이 기숙사 방에 들어오자마자 그렇게 말하고 쉴 틈도 없이 나갔다.

난 컴파와 함께 저녁을 먹고 목욕한 뒤 잠이 올 때까지 다 못 깬 게임을 할까 하고 생각했지만,

"오늘 게임은 안돼요. 네푸네푸는 해야 할 일이 있잖아요."

그렇게 말하고는 두꺼운 학교 팸플릿과 오늘 학교에서 받은 교육과정표를 내밀었던 것이다.

　"자기가 다니는 학과에 대해서는 조사해 봐."
　"그럴게!"

　아이짱과 한 약속이 기억나 팸플릿을 펼쳐 본 것까지는 좋았지만······.
　"본 학원 여신후보 양성과에 대하여."
　연 순간 눈에 날아드는 딱딱한 타이틀을 보는 것만으로도 머리가 어질어질.
　아니, 질까 보냐 하는 마음에 몇 페이지인가 읽었지만 아무래도 눈에 들어오는 정보가 뇌에 닿기도 전에 신경 속에서 증발하는 것 같아.
　"약속······ 약속."
　하지만 포기 모드에서 복귀해 옆에 치워놨던 팸플릿과 교육과정표를 다시 집어 들었다.
　컴파가 말한 것처럼 친구와의 약속은 지키고 싶어. 내일 교실에서 아이짱과 만날 때, 적당히 거짓말을 하는 건 싫으니까.
　하지만 그런 나의 마음을 배신하듯 계속해서 문자(사진도 있지만, 그래서 어쩌라고? 라는 느낌?)만이 계속되는 팸플릿은 조금도 머리에 들어오지 않는다.

한 장을 팔락, 두 장을 펄럭, 그때마다 나오는 한숨.

"내 이야기긴 하지만 이렇게까지 글자를 못 읽을 거라고는 생각 못했어."

"집중, 집중하세요. 네푸네푸는 하면 되는 아이라고요."

"하는 걸 본 적도 없으면서 적당히 말하지 말라고!"

"정말이지, 팸플릿으로 그 정도면 교과서를 열면 네푸네푸 죽는 거 아니에요? 조금만 있으면 본격적인 수업이 시작된다고요."

"우우…… 하지만, 하지마안."

정신을 차려 보니 내 입에서 나오는 건 변명뿐.

30분간 내 입에서 "하지만", "그래도"가 수십 번쯤 나왔을 때였다.

"…… 알겠어요. 저도 각오해야겠군요."

내가 말하는 것도 뭣하지만, 그때까지 다정스럽게 나를 설득하던 컴파의 눈빛이 변했다.

"커, 컴파?"

책상 앞에 앉아 있던 컴파가 일어나더니 한 발 두 발 천천히 다가온다. 뭘 해도 출렁출렁 흔들리던 컴파의 가슴도 여느 때보다 천천히 흔들리는 것 같은 느낌, 그건 착각이겠지만…….

그 움직임에 나도 홀린 건지,

"네푸네푸!"

"응? 어라."

정신을 차려 보니 컴파의 얼굴이 내 눈 10센티미터 정도 앞에 있다. 컴파의 양손이 내 어깨를 꼬옥 붙잡았다.

컴파는 의외로 힘이 세다. 간호학과 실습에 사용하는 커다란 마네킹이나 의료용구를 몇 번이고 옮기는 도중에 단련된 것 같다.

(도, 도망칠 수 없어……)

이유는 어찌 됐든 움직일 수 없다.

"저는, 네푸네푸가 저를 위해서 노력해줬을 때, 정말로 기뻤어요!"

"그, 그래? 그럼 다행이네. 친구를 위해서라면 그 정도는 아무 것도 아니야. 그러니까 신경 쓰지 마, 알았지?"

뭔가 이상하다,

내 머릿속에서 자명종이 격렬하게 울리는 것 같았다. 이럴 때 내 감은 잘 맞는다고, 맞추고 싶지는 않지만!

컴파는 마치 열이라도 나는 것처럼 내 어깨를 붙잡고 있다.

그 눈은 확실히 나를 보고 있지만 어딘가 먼 곳을 보는 것 같기도 한, 어찌됐건 위험한 느낌.

"오늘 네푸네푸 이야기를 듣고 저도 생각한 게 있어요. 네푸네푸가 아무런 원한도 없는 느와르씨를 상대로 싸운 것처

럼 저도 친구가 힘들어 할 때엔……. 마음을 귀신같이 해서
라도 맞서야 되겠다고! 지금이 그때에요!"

"마음을 귀신처럼……."

아니 컴파? 그건 좀…… 해석이 이상하지 않아? 내가 보
기에는 전혀 다른 것 같은데.

"뭐, 뭐, 뭘 하려고? 응?"

"네푸네푸가 아이짱과 한 약속을 지킬 때까지, 오늘밤은
저도 안 자고 있을게요! 같이 힘내요!"

자, 자지 않고…….

그러면 내일은 지각은 하지 않겠네…… 가 아니잖아!

"커, 컴파의 마음은 알지만…… 뭘 하더라도 갑자기 엔진
을 켜면 나중에는 꺼진다고? 그리고 입학 첫날부터 갑자기
철야로 공부해 봤자 좋지 않잖아? 그래도 오늘은……."

"안돼요."

"아직 시간은 많아. 조금씩 알아가면 되잖아……"

"오늘이 그 첫걸음이에요. 네푸네푸에게 엄격하게 대하는
건 힘들지만……. 이것도 다 네푸네푸를 생각해서 이러는 거
에요!"

컴파는 꽉 쥔 주먹을 가슴에 대고 말했다.

이거 완전히 자기 말에 자기가 취한 거 아냐?

"그럼 네푸네푸, 시작해 봐요!"

"좀 봐줘."

으으…….

기대했던 학교생활인데, 여러 가지 이벤트가 일어나는 걸 기대했는데……. 처음부터 이래서야 내 몸이 몇 개나 있어도 모자라겠네.

"한 눈 팔지 말라고요! 이쪽을 보세요!"

이건, 긴 밤이 될 것 같네…….

이스투아르 기념학원 고등부 1학년. 여신후보
양성과 소속. 성실하고 똑 부러진 성격의 우등생.

002

느와르

Black Heart

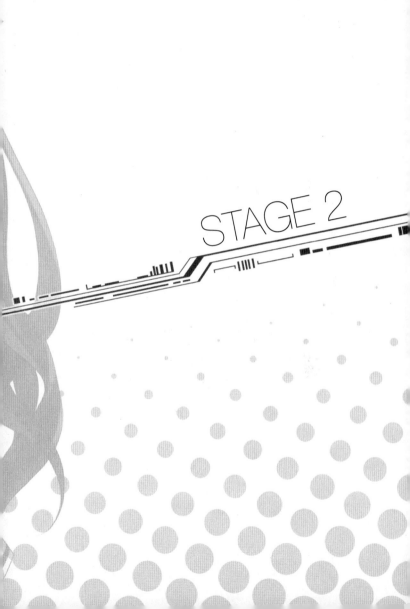

STAGE 2

1

"그래, 어떻게 된 거지?"

마제콘느는 한 달 전에 잘라버린 남자를 대신한 새 심부름꾼에게 물었다.

"대상을 감시하고 있는 에이전트의 보고에 따르면 이전 기억을 잃어버린 것 같습니다."

"기억을?"

"네."

"…… 그렇다는 건 지난 번과 같다는 건가? …… 상황은 유리하긴 해도 이런 이야기만 들으니 짜증나는 일만 생각나잖아!"

"……."

그녀의 혼잣말에, 새로운 심부름꾼은 묵묵히 있었다.

만족스럽다고는 못하겠지만, 전임자보다는 스트레스를 덜 받아 좋다. 전의 비서라면 이럴 때 "무슨 일입니까?"라고 쓸데없이 그녀의 생각을 방해하는 질문을 했을 것이다.

마제콘느는 기분 좋은 침묵 속에서 가만히 생각했다.

한자리에 모인 이상 그 네 명이 만나지 못하게 하는 건 불가능하고, 만난다면 이쪽에서는 면식이 없다고 해도 반드시 뭔가 서로 통한다고 느낄 것이다.

그런 녀석들이니까.

그러니 예전과 같은 수법은 사용할 수 없다. 좀 위험하겠지만 한 데 모인 것을 기회 삼아 한 번에 처리하는 게 계책이 아닐까.

"그러고 보니, 아직 시시한 행사가 몇 개 남아 있었지."

그녀는 중얼거렸다.

역시나 심부름꾼은 아무 말도 하지 않는다.

"바로 준비하도록! 물건은 그것과 함께 찾아낸 게 있을 거야. 다소 비겁하더라도 상관없지, 녀석들을 처리하기 위해서라면!"

표정이 없는 얼굴을 향해 그녀는 말했다.

"알겠습니다. 마제콘느 학장."

길들인 대로의 대답이 돌아왔다.

역시 이쪽이 편리하다. 전의 실패를 거울삼아 공들여 세뇌한 보람이 있었다.

하지만 그걸 위해 쓰지 않아도 되었을 시간을 낭비한 것도 사실이다. 지금의 그녀에겐 부하를 늘리는 것도 위험부담이 있는 것이다.

그러므로 실패는 용납되지 않았다.

남아있는 시간은 이제 얼마 없으니까.

Ⅱ

　-이스투아르 기념학원은 이 **'게임업계'**를 천상에서 지키는 신들을 보좌하고 역사를 기록하는 사서, 이스투아르의 이름을 딴 **게임업**계 최대의 학원이다.

　그 사명은 여신 이스투아르가 맡긴 이 세계를 지키고 이끌어나가는 차세대의 기수를 육성하는 데 있다.

　연령과 성별을 따지지 않고 출신이나 이제까지의 내력도 불문에 부치며, 그저 미래를 바라보는 젊은 학문의 기수를 어여삐 여겨 육성하는 것이 본 학원이 가장 우선하는 설립 취지다.

　그걸 위해 학원에는 약 150여 가지에 이르는 여러 가지 학과를 설립해 향학심에 넘치는 젊은이들을 모든 분야의 스페셜리스트에 도달하는 길로 지도하는 최선의 환경을 제공할 준비가 되어 있다.

　그 일환으로 먼 곳에서 통학하는 학생들을 위해 '플라네튠', '라스테이션', '린박스', '르위'의 개성이 다른 4개의 학생 기숙사를 마련해 학생들의 출신지와 지금까지 자라 온 문화권에 가까운 생활공간 속에서 스트레스를 받지 않고 학업에 전념할 수 있도록 배려하고 있다.

　또한, 학원 내에는 크고 작은 100여 개의 상업시설과 병원, 우체국 등의 공공시설, 그리고 여가시간에 건전한 오락을 제공하는 시설을 갖춰 학원 내에서 생활에 필요한 모든 것을 공급하는 시스템이 완성되어 있다.

이 축복받은 환경 속에서 학업과 체육에 전념한 뒤 본 학원을 떠나는 많은 졸업생들은 모두가 눈에 띄는 족적을 각 분야에 남기고 있다.

"해냈군요! 네푸네푸! 완벽해요!"

"…… 컴파, 너 도대체 네프코한테 무슨 짓을 한 거야?"

"다음은 '여신후보 양성과'에 대해서에요. 이것도 제대로 공부했다는 걸 보여 주세요!"

"……."

−여신후보 양성과는 그 이름대로 차세대 세계의 수호자, 다시 말해 여신 후보자를 양성하는, 어찌 보면 본 학원에서 제일 중요한 책무를 진 특별한 학과다.

당당하게 본 학과에 입학한 학생 여러분이 해야 할 일은 무엇보다 그 책무의 중요성을 확실히 인식하는 것이다.

여신에게 요구되는 자질은 여러 가지가 있다.

먼저, 이 세계를 부정한 몬스터들로부터 지키고 세계의 질서를 수호하는 힘.

다음으로는, 세계를 더 좋은 방향으로 인도하고 더더욱 발

전시키는 지혜.

그리고 무엇보다, 세계를 사랑하고 그곳에 살아가는 생명을 공평하게 사랑하는 마음.

이러한 자질들을 겸비한 자에게 여신 이스투아르는 성스러운 축복을 내려 '여신화'의 힘을 부여했다.

이 학과에서는 먼저 이 '여신화'의 힘을 이스투아르에게 받는 것을 가장 중요한 목표로 삼아 마음·기술·체력의 모든 것을 기초부터 갈고 닦기 위한 커리큘럼을 실시한다.

물론 축복을 받아 '여신화'의 힘을 얻었다고 해서 끝나는 것은 아니다. 오히려 그때부터가 진정한 시작이다.

이스투아르에게 받은 힘을 완벽하게 사용하며, 또한 잘못 사용하지 않도록 엄격하게 자신을 갈고 닦아야 한다. 그것은 본 학과의 모든 과정을 수료한 이후에도 같다.

본 학과를 졸업한 뒤 언제 어느 때에 여신 이스투아르에게 부름받아 천계로 올라가도 문제가 없도록 늘 정신을 갈고 닦지 않으면 안 된다.

비록 평생 천계에 올라갈 기회가 없다 하더라도, 본 학과에서 배운 것은 그대로 제군들의 장래에 크게 도움이 될 것을 믿어 의심치 않는다.

그럼 다음 페이지부터 구체적인 교과 내용을…….

"바로 그거예요, 네푸네푸! 조금만 더!"

"됐어―됐어―됐어! 이제 괜찮아! …… 잠깐, 느와르도 멍하니 보고 있지만 말고 말려 줘. 뭐랄~까, 이대로 계속하다간 네프코랑 결판을 내고 말고의 문제가 아니라고? 네프코 눈에서 생기가 없어지고 있잖아."

"…… 정말이지, 알았어. 컴파, 이쯤에서 됐어. 넵튠을 원래대로 되돌려 줘."

"원래대로…… 되돌리라고요?"

"응. 네가 뭔가 이상한 술법이나 아이템을 쓴 거지? 그러지 않고서야 이런……."

"그런 거 아니에요. 아이짱도 알죠?"

"아……. 글쎄, 나는 도중에 잠들어 버려서……."

"아이짱이 방으로 돌아온 뒤에도 네푸네푸는 계~속 열심히 했다고요. 그렇죠? 네푸네푸!"

…… 앗!?

컴파가 외치는 소리에 나는 제정신으로 돌아왔다.

그런데 어라? 이상하다. 그렇게 머―엉하니 있었던 건 아닌데 5~6분 정도 시간이 날아가 버린 듯해.

"응? 왜 그래? 아이짱도 느와르도 멍한 얼굴로."

"눈은 돌아온 것 같군."

"아야야야야! 아이짱! 갑자기 뭐야!"

소녀의 여린 눈동자를 허락도 없이 손대려 하다니 갑자기 왜 그러는 거지? 물론 허락해도 안 되지만!

나도 모르게 아이짱의 손을 난폭하게 쳐내면서 외쳤다.

"의식도…… 멀쩡한 모양이군. 어제와 똑같이 귀찮고 후텁지근하네."

그렇게 말하고 아이짱의 어깨너머로 느와르가 내 얼굴을 봤다.

"후텁지근한 건 또 뭐야. 후텁지근하다니. 뭐, 뭐야 둘 다."

"네프코, 너 정말 괜찮아?"

"괜찮긴 뭘, 무슨 소릴 하는지 모르겠네. 나는 나라고!"

뭔가 이상한 거라도 붙었나 해서 머리끝에서 무릎까지 양손으로 쓸어내려봤지만 특별히 이상은 없다.

슬슬 우주인을 보는 듯한 느와르와 아이짱의 표정이 곤혹스러워 나는 옆에 있던 컴파를 올려다보았다.

"나, 뭔가 이상해?"

"이상하지 않아요. 느와르도 아이짱도 네푸네푸가 하면 되는 아이라는 걸 알고는 놀랐을 뿐이에요."

하면 된다고? 내가 뭘 했길래?

뭐지? 라는 표정으로 고개를 갸우뚱하니 컴파는 싱긋 웃고는 살짝 몸을 굽혀 내 목덜미를 끌어안았다.

"굉장했어요, 네푸네푸. 저랑 어젯밤부터 아침까지 공부한 내용, 전부 제대로 기억했네요. 그렇죠? 아이짱, 느와르."

왼손으로 나를 끌어안고는 오른손으로는 마치 아이를 어르 듯이 잘했어 잘했어 공격으로 머리를 쓰다듬는다.

그러고 보니, 방금 전까지 그 팸플릿의 내용을 아이짱 일행에게 말한 것 같기도 하고……

　컴파의 쓰다듬 쓰다듬 공격을 받으면서

　"뭐, 그렇지! 내가 진지하게 하면 이쯤은 한다고. 쌓아놓은 게임을 척척 깨서 정리하는 거랑 별로 다를 거 없지."

　나는 아이짱과 느와르에게 일단은 '에헴' 하고 뻐겨본다.

　"뭘 그렇게 유난 떠는 거야. 당연히 알고 있어야 할 걸 벼락치기로 외운 거 가지고. 있지도 않은 가슴을 펴지 않아도 된다고."

　예상대로라면 예상대로 느와르는 냉정한 태도. '흥' 하고 콧방귀를 뀌고는 팔짱을 끼고 고개를 돌렸다.

　"벼락치기라고 해도, 노력은 인정해줘도 되잖아? 그런 눈빛까지 보이면서……"

　이쪽은 묘하게 동정적이라고나 할까, 따뜻한 의견. 눈빛이 뭔지는 잘 모르겠지만.

　"오오, 아이짱은 알아줄 것 같아!"

　"도대체 어떻게 그렇게까지 밀어 넣은 거야? 이렇게 효과가 좋으면 나도 자지 않고 같이 하는 건데. 시험 때 쓸모 있을 것 같아."

　"오오? 이건 흔히 말하는 '보습학원에서는 열심히 할 수 있을 것 같아!', '그 비법이 궁금해!' 인가? 아이짱도 갑자기 똑똑해진 동급생이 신경 쓰이는 나이?"

"네가 말하는 '신경 쓰이는' 거랑은 조금 다른 의미지만."

"알았어, 알았어! 그럼 가르쳐 줄게. 사실은 어젯밤 컴파랑……."

"컴파랑 뭘?"

컴파랑…… 컴파랑…… 뭘 했더라?

내가 변명만 늘어놓으면서 꾸물거리고 있으니까, 컴파가 갑자기 뭔가 결심한 표정으로 내 옆에 와서……. 그리고, 여느 때와 다른 엄격한 지도 아래서 아침까지 공부…… 했, 나? 했을까? 응?

"네, 네프코?"

"…… 으으, 갑자기 머리가……."

이, 이상하네 어젯밤의 일을 기억해 내려고 하면 머릿속이 찡하고 무거워져.

안 되겠다. 몸이 어젯밤의 지옥을 떠올리는 걸 거부하고 있어.

그러니까, 밤새워 공부하는 건 좋지 않다고!

III

기억에 수상쩍은 공백이 남아있는 것 같은 찜찜한 기분으로, 나는 하루를 보내게 되었다.

원래부터 기억상실이었고, 지금 와서 기억에 없는 부분이 하나나 둘 정도 늘어나도 별거 아니라고 생각하지만, 바로 어제 일이고…….

그런 걸 계~~속 생각한 덕분에 수업도 건성으로 들었던 것 같아.

다행인 건 오늘도 입학식의 연장 같은 느낌이라 학교생활의 주의사항이라든지, 기숙사에 들어가는 아이들을 위한 설명으로 하루가 다 끝나버렸다는 거야.

본격적인 수업은 내일부터인 것 같다.

그렇지, 기숙사라고 하니 생각났는데 느와르는 우리가 살게 된 '플라네튬 기숙사'가 아닌 '라스테이션 기숙사'에 산다고 한다. 언제 한번 모두 놀러 가 볼까.

…… 이런, 또 이야기가 딴 길로 샜네.

오늘도 들어봤자 재미없는 이야기가 온종일 계속되고, 어쩐지 교실의 분위기도 느슨해진 것 같다.

그런 분위기가 달라진 건 종례시간을 마칠 무렵 선생이 1주일 뒤 열리는 '신입생 환영 체육대회' 이야기를 했을 때였다.

"종목은 구기나 육상 등 여러 가지가 있으니 각자 참가하고 싶은 종목을 정해 둬. 느와르군, 이 반의 참가자는 네가 취합하도록, 알겠지?"

"아, 네……. 알겠습니다."

역시 우등생, 이라는 느낌으로 선생의 부탁에 느와르가 시원시원하게 답하자 교실 전체가 웅성거린다. 동시에 수업 끝을 알리는 벨이 교실에 울려 퍼진다.

"그럼, 오늘은 여기까지. 내일부터는 각 전공과 별로 수업이 시작되니 각자 제대로 준비해 와라."

차렷. 경례. 감사합니다.

어딘지 모르게 김이 빠진 듯한 당번의 호령. 이걸로 오늘 수업은 전부 끝…… 이었겠지만.

"모두 잠깐만. 가지 말고 기다려 줄래?"

선생 대신, 찰랑찰랑 흔들리는 트윈테일도 당당하게 느와르가 교단에 올라가더니,

"방금 전에 선생이 이야기한 대로, 체육대회는 제가 책임자가 되기로 했습니다. 빨리 여러분의 희망을 듣고 참가종목을 정하고 싶습니다."

그렇게 크지는 않지만, 교실 구석구석까지 울리는 목소리로 말했다.

이게 또 굉장히 인상적인 타이밍.

"미안해, 모두가 협력해 주면 빨리 끝날 거야."

별님이나 음표 마크를 주변에 띄우기라도 한 것 같은 완벽한 미소를 짓는 느와르의 한마디에 돌아갈 준비를 하고 있었던 몇 명인가의 반 아이들도 그대로 자리에 돌아갔다.

"느, 느와르. 행동이 빠르네요."

"저런 걸 물을 만난 고기라고 하는 거지. 원래 정리를 잘하

기도 하고, 거역하기 어려운 분위기를 만드는 데 능숙하니까."

컴파도 아이짱도 감탄한 듯 눈을 둥글게 뜨고 있었다.

"그럼, 이제부터 종목을 적을 테니까 참가하고 싶은 종목에 손을 들어 주세요."

그 뒤의 행동이 또 재빠르다니까.

아이짱이 말한 것처럼 느와르는 이런 데 재능이 있는 걸까 아니면 익숙한 걸까, 야구나 축구나 배구 등 몇 개인가 있는 종목에 참가할 수 있는 인원수나 편성 등을 차례대로 전자칠판에 써나간다.

그야말로 내가 눈 깜짝할 사이에 일어난 일.

원래 만화 같은 걸 보면 이런 때에는 한 명쯤 '그런 귀찮은 거 못한다고~'라는 태도를 보이는 학생이 있지만 여기는 'The Best of 착한 아이'라는 호칭을 줘도 될 컴파가 입학을 결정할 정도 수준인 이스투아르 기념학원.

적어도 이 반 아이들은 모두 협조성이 있고 활기에 넘쳐 곧바로 입후보전이 시작되었다.

우리도 머-엉하니 있다가는 재미있는 경기는 뺏길 거야.

"네푸네푸, 우리는 뭘 할까요?"

활기가 넘치는 교실의 분위기를 탄 건지 컴파가 나를 보고 말했다.

"그렇지, 나는 뭐든 좋아. 야구도 축구도 전부 게임으로 예습했으니까! 덤비라고!"

라고 말하는 나. 실제로 전부 재미있어 보이는 걸.

"피구같이 아픈 건 싫어요."

"육상이나 수영 같은 개인경기도 있는 것 같은데? 수영도 좋지 않아? 전교 여학생들의 깜찍한 학교 수영복을 마음껏 본다!"

"네푸네푸, 여자가 여자 수영복을 보면 재미있나요?"

"뭘 모르네, 컴파. 예쁜 것, 귀여운 것에 성별은 상관없어."

진지하게 듣는 컴파에게 나는 장난을 쳐 봤다. 거기에

"아마 그 바보 같은 희망은 이루어지지 않을 걸."

아이짱의 딴죽이 들어왔다.

"왜? 왜?"

전자칠판을 봐도 아직 수영에는 빈자리가 있다. 자유형도 평형도 개헤엄도 개전 떠내려가기도(그런 것도 있나!?). 그러니까 마음껏 출전해도 되겠지.

아이짱이 무슨 말을 하는지 알 수 없어 내가 머리 위에 세 개쯤 '?'마크를 띄우자 아이짱이 의미심장하게 웃으면서.

"느와르는 자기가 중학교 시절부터 선생들이 우등생으로 생각하고 있다는 것도, 반의 모든 아이가 자기에겐 한 수 접고 들어간다는 걸 알고 있으니까……"

점점 더 알 수 없는 이야기를 한다. 나는 "흐음……"하고 애매한 대답을 하면서 머리 위에 물음표 마크를 하나 더 추가.

"조금만 있으면 알게 될 거야. 아까부터 타이밍을 재는 게

다 보였고, 슬슬 던질 걸."

"던지다니? 뭘? 폭탄?"

"네프코한테는, 말이지."

혼란스러운 나를 놀리려는 듯 아이짱이 다시 알 수 없는 이야기를 한 바로 그때.

"인기 있는 구기종목은 후보가 다 찬 것 같으니 일단 여기서 마치겠습니다……. 하지만 그 전에 제가 제안할 게 있습니다."

그때까지 활기차게 아이들의 희망을 들어줬던 느와르가 갑자기 진지한 얼굴로 말했다. 그걸 본 아이짱이

"드디어 왔다. 네프코. 각오해 두라고."

나에게 귓속말처럼 속삭이고는, 다시 수수께끼 같은 웃음을 지었다.

"가, 각오라고 해도……."

아이짱의 숨결이 닿아 간질간질한 귀를 긁고 느와르를 본다.

동시에 느와르도 내 쪽을 보고는,

"금년도의 '하이퍼 오리엔팅'은, 이 반에서는 일단 제가 입후보하도록 하겠지만, 또 한 명 꼭 추천하고 싶은 사람이 있습니다……. 여신후보 양성과의 넵튠!"

소리 높여 말하고는 나를 반 전체에 소개하듯이 손으로 가리켰다. 순간 교실이 "오오~"하며 웅성거린다.

갑자기 이름을 불린 나는 입을 멍하니 벌리고 있었다.

"사실 넵튠과 저는 고등부 입학시험 때 모의전을 한 적이 있습니다. 그녀의 실력은 제가 제일 잘 알고 있어요. 우리 반의 대표로 그녀 이외에 어울리는 사람은 없습니다. 자신을 가지고 추천합니다!"

장본인인 내가 무슨 일인지 알 수 없어 두리번거리는 것과는 반대로, 반 전체의 시선이 한곳으로 모이는 걸 알 수 있었다.

"진짜야? 저 느와르랑 제대로 싸웠다는 게."

"역시 여신후보는 다르구나, 굉장한데?"

덤으로 이런 이야기까지 여기저기에서 들려온다.

이거 칭찬받는 건가? 나 칭찬받고 있는 거지?

이 시선도 감탄과 존경의 시선이라는 건가? 응 틀림없어!
…… 그렇다면.

"자, 어쩌겠어? 넵튠. 모두 너에게 굉장한 기대를 걸고 있는데, '하이퍼 오리엔팅'에 나올 거지?"

느와르가 말했다. 나는,

"오케이!"

일 초 뒤, 즉답!

그 순간 아까의 웅성거림이 환호로 바뀌었다. 그야말로 떠나갈 것 같은.

"괘, 괜찮을까요? 네푸네푸. 그렇게 간단히 결정해 버리면.

어떤 종목인지도 모르잖아요."

라고 환호 속에서 컴파 혼자 걱정스러운 목소리로 내 소매를 잡는다.

"응, 괜찮아. 이렇게 모두 들떠 있는데 거절하는 것도 눈치 없잖아? 그리고 나, '하이퍼 오리엔팅'이라는 이름이 마음에 들었어…… 뭐랄까, DNA 속에 잠들어 있는 연타의 혼이 깨어나는 울림이라고 생각하지 않아? 로스앤젤레스가 나를 부르고 있다고!"

"여, 연타? 로스앤젤레스? 저, 저…… 가끔은 네푸네푸가 무슨 말을 하는지 이해할 수 없어요……"

"비벼치기? 아니면 경련치기? 나는 마이너하지만 경련치기려나, 역시 위대한 명인에게는 경의를 표해야지? 자나 건전지를 쓰는 건 사도니까 안 되고. 아이짱도 그렇게 생각하지?"

"너무 낡은 소재는 메인 타겟인 중고생들은 따라잡을 수 없으니까 자중하라고…… 가 아니라! 그런 건 아무래도 상관없어! 네프코 너도 참 기분 좋을 정도로 잘 넘어가는구나……"

"세세한 건 신경 쓰지 말자고! 아까까지는 머리가 개운치 않아서 뭔가 찜찜했는데 이런 빅 웨이브를 타면 기분전환도 되고…… 아, 그렇지 이왕이면 컴파랑 아이짱도 같이 참가하자. 결정!"

그렇게 말하고 나는 자리에서 일어나 전자칠판에 있는 '하이퍼 오리엔팅' 칸에 나와 컴파, 아이짱, 느와르의 이름을 적었다.

이름을 적을 때 컴파랑 아이짱이 뒤에서 뭐라고 말한 것 같았지만, 그 이상은 반 아이들이 이상할 정도로 북적거려 잘 들리지 않았다.

두 명이랑 같이 소란을 떨어 보고 싶었으니까 문제는 없을 거야.

"이러면 됐지? 느와르."

이름을 가리키며 나는 느와르에게 확인을 한다.

"응, 충분해. 너의 그 앞을 내다보지 않는 용기는 존경하도록 할게."

"나 연타에는 자신이 있거든. 세계신기록을 노리자!"

세계신기록이란 말에 힘을 주어 나는 V사인을 느와르에게 향했다.

그걸 본 반 아이들은 땅이 울릴 정도의 큰 환호와 함께 나와 느와르의 이름을 연호했다.

이렇게 기대를 받으면 정말이지 할 수밖에 없잖아! 오늘부터 연타 특훈이다!

IV

"⋯⋯ 그런데 이런 곳 어디에 게임기가 있다는 거야? 나 일단은 컨트롤러 가져왔는데."

컬러 바리에이션으로 나온 보라색 컨트롤러의 아날로그 스틱을 빙글빙글 돌리면서 나는 말했다.

"필요 없어! 게임이랑 아무 상관없다니! 내가 어제까지 열 번은 그 얘기 하지 않았나? 지금 일부러 이러는 거지?"

"마, 만일을 위해 물어본 것뿐이라니까……."

"넣어둬, 절대 쓸 일 없으니까."

"아으으."

나는 투덜거리며 컨트롤러를 등에 진 배낭 속에 넣었다.

아아, 진짜로 안 쓰는구나. 꽤 비쌌는데.

나도 "하이퍼 오리엔팅 회장은 학원 뒷산의 특설코스입니다."라는 이야기를 들었을 때에는 조금 이상하다고 생각하긴 했다고? 하지만 만에 하나라는 게 있으니까…….

"뭐, 쓸 일 없겠지만."

난 사방을 둘러본 뒤 중얼거렸다.

그리고 눈에 들어온 건, 숲! 산! 바위!

펼쳐진 대자연이 '학원 뒷산'같은 만만한 게 아니라는 건 확실하다. 도대체 이 학원은 얼마나 넓은 거야?

"그 모습으로 봐서는 네푸네푸, 오리엔팅이 무슨 스포츠인지 전혀 모르는 거죠?"

학교 지정 긴 소매 체육복을 어깨에 걸친 컴파가 추운 듯 몸을 움츠리며 말했다. 내뱉는 입김이 하얗다.

"응!"

활기차게 내가 대답하자 컴파는 어딘가 말라붙은 미소를 짓고는 어깨를 추욱 늘어트린다.

"다 알고 있는 걸 물어봐도 소용없다고 컴파. 내가 지난 일주일간 본 바로는 이 바보는 수업시간 외엔 계속 연타 특훈만 하고 있었으니까."

"아이짱, 그렇게나 네푸네푸를 보고 있었나요?"

"보고 싶어서 본 건 아니지만……."

"또 그런다. 그렇게 말은 하지만 사실은 내가 특훈에 열중하는 모습에 두근거린 거지? 나는 기본은 노멀이지만 시대의 요구에 맞춰 여자아이들끼리의 두근거리는 전개라도 몸 바쳐 도전할 각오가……."

"네네, 마음대로 도전하세요. 하지만 상대는 저쪽이야. 저기, 너한테 열중하는 우등생이 나타났어."

틈을 노려 포옹 어택을 하려던 나를 깔끔하게 피하면서 내 앞을 가리켰다.

아이짱이 가리키는 곳에서 걸어온 건, 우리와 같은 운동복을 입은 느와르.

"도망가지 않고 참가한 건 칭찬해 주지, 넵튠. 하지만 그렇다고 해서 봐 주지는 않는다고. 이 하이퍼 오리엔팅에서 우승해서 내가 너에게 이겼다는 걸 증명할 거야!"

느와르의 목소리에는 의욕이 넘쳐흐르고 있다. 그것만이 아니라, 얼굴도 살짝 핑크빛이고 어깨 주변에도 희미하게 열기 같은 게 올라오고 있었다.

"의욕 넘치네, 느와르."

"그러는 너는 워밍업도 없이 여유 부리는 거야? 단순한 오리엔팅이라고 생각하면 큰코다친다고? 난이도가 높아서 매년 탈락자가 나오는 게 연례행사니까."

그러자 내 머릿속에서 팟, 하고 떠오르는 게 있었다.

"그, 그렇구나. 구체적으로 어떤 난이도인데?"

"코스의 자세한 내용은 실제로 가보지 않고서는 몰라. 하지만 올해의 장애물도 실행위원회가 기합을 넣어서 만들었다는 소문이니까, 너같이 태평한 사람은 무사히 골인할 수 있을지도 의심스럽네."

떠오른 게 맞아떨어졌다.

그렇구나, 간단하게 말하면 장애물경주 같은 거로구나. 이 엄청나게 넓은 뒷산에 코스를 만들어서 거기에 이런저런 장애물을 설치하고, 그걸 클리어 하면서 골인하면 OK라는 거지……

겨우 뭘 하는지 알아서 안심한 게 반, 연타의 특훈은 정말로 쓸모없었다는 걸 알아서 실망한 게 반.

그런 내 표정을 어떻게 해석한 건지 느와르는,

"자 이제 시작할 때야. 가자고."

여유만만하게 내 어깨에 손을 두르고 있다.

이런, 연타 특훈은 쓸모없어졌지만, 체험형 액션게임이라고 생각하면 즐거운 건 변함없으니까, 당분간은 느와르에게 맞춰 줄까.

"하지만 이왕 하는 거라면 최선을 다해야지, 서로 정정당당 하게 힘내자고."

"물론이지, 그러지 않고서야 의미가 없으니까."

그렇게 우리는 출발 지점으로 향했다.

그곳은 경기에 참가하는 학생들로 북적거렸다.

어떤 아이들이 참가하는지 궁금해 둘러보니 "액션에는 자신이 있습니다!"라는 느낌의 얼굴이 한가득.

그 외에도 다른 경기를 마치고 견학을 온 아이, 그런 아이들을 상대로 장사하는 노점도 나와 있어 축제 같은 분위기였다.

그중에서도 한층 사람들이 모여 있는 곳이 있었다.

신경이 쓰여 자세히 보니 잠시 후 그 인파가 양쪽으로 갈라지고, 두 개의 그림자가 그 사이를 지나 이쪽으로 걸어오는 걸알 수 있었다.

두 명 다 여자아이.

한 명은 느와르보다 훨씬 키가 큰 어른스러운 분위기. 긴금발을 허리께까지 기르고 있다.

다른 한 명은 나와 같거나 조금 작은 아이. 역시 머리카락도 나 정도로 짧아서 목덜미 정도의 길이. 여기저기 뻗어 정리가 안 된 나에 비해 깔끔하게 정리한 둥근 실루엣이었다.

둘 다 아무래도 굉장한 인기인인 것 같다. 나란히 선 두 사람이 한 발짝씩 걸을 때마다 좌우로 갈라진 인파 속에서

"벨 언니! 멋져요! 여기 좀 봐 주세요!"

"블랑짱! 나다! 결혼해 줘!"

굵고 가는 목소리가 섞여 끊임없이 들려오는 뜨거운 러브콜. 10미터 정도 떨어진 우리에게도 대음량으로 들려올 정도였다.

금발의 언니 쪽은 그 목소리에 싱글벙글 온화한 미소를 띠며 손을 흔든다. 마치 어느 나라인가의 공주님처럼. 정말이지 "고귀한 태생이에요!"랄까, 주변에서 꺄꺄 거리는 것에 익숙해져 있는 반응. 아무 상관없지만 어째서 저런 공주님이나 고귀한 사람들은 손을 흔들 때 작게 흔드는 걸까?

작고 둥근 쪽은 이런 환호성에는 익숙해져 있다는 느낌이지만 대응은 금발언니와는 전혀 다르다.

애교를 부리거나 웃는 얼굴을 보여주지도 않고, 가만히 따분하다는 얼굴로 걷고 있다. 이쪽은 대하기 어려운 영화 스타 같다고나 할까.

키도 다르고, 머리 길이도 다르고, 그리고 아마, 성격도 전혀 다르겠지. 참고로 말하자면 가슴의 크기는 이게 같은 인류

인가 싶을 정도로 다르다.

모든 것이 정반대. 공통점이 있다면 둘 다 남녀불문하고 인기가 있다는 것뿐. 도대체 어디의 누구지?

"괴, 굉장한 환호네요⋯⋯. 어느 쪽이 벨 언니고, 어느 쪽이 블랑이죠?"

일종의 압력조차 느껴지는 노도와 같은 환호성에 압도된 걸까, 컴파가 내 등 뒤에 숨으며 물었다.

"음, 그런 건. '정보통' 아이짱에게 물어보는 게 좋지 않을까?"

그렇게 나는 대답했지만.

"어라? 아이짱 어디 갔지?"

정신을 차려 보니 지금까지 함께 했던 아이짱이 보이지 않았다.

"사람이 너무 많아서 놓친 건가?"

"방금 전까지만 해도 제 뒤에서 걷고 있었는데⋯⋯."

착실하기 그지없는 아이짱이니까 딱히 걱정은 하지 않아도 되겠지만⋯⋯. 저 인기인에 대해 알려줬으면 했는데.

어쩔 수 없이 나는 옆에 서 있는 느와르를 팔꿈치로 툭툭 치면서,

"저기, 저 두 사람 있잖아⋯⋯."

말을 건다.

"키가 크고 느긋해 보이는 게 벨, 작고 약간 건방져 보이는

사람이 블랑. 저래봬도 두 사람 다 여신후보 양성과 톱클래스의 실력이야. 틀림없이 이번에도 우승을 놓고 싸우게 되겠지……. 강적이야."

그러자 느와르는 내가 말을 마치기도 전에 두 사람에 대한 걸 알려 주었다.

그 목소리가 조금 딱딱하다. 그걸 눈치챈 내가 느와르의 얼굴을 보니 무언가 참는 것처럼 입술 끝을 깨물면서 두 사람의 인기인에게 여느 때보다 더 엄격한 시선을 향하고 있었다.

"유명인?"

"그거야, 이 학원에서 저 둘을 모르는 사람은……."

딱딱한 목소리로 느와르가 말을 한 그때,

"어머, 느와르."

벨이라고 불린, 긴 금발의 언니가 우리(정확히는 느와르)를 보고 말을 걸었다.

그 목소리가 또, 폭신폭신 부드럽고 차분해서 듣고 있는 쪽도 치유될 것 같다. 컴파의 목소리도 폭신폭신 계열이지만 그것과는 또 다른 느낌이다. 그걸 나는 고귀 보이스라고 이름 짓고 싶다. 황송합니다.

"다시 이 경기장에서 만나서 반가워요. 이번에는 지지 않을 테니까요."

고귀 보이스의 벨, 말하는 것도 고귀하다.

"작년에는 온라인 게임의 업데이트가 겹쳐 철야였던 것 같은데, 올해야말로 만전의 상태로 임해 주시겠죠?"

자연스럽게 벨이 내민 고귀 핸드를 잡고, 느와르가 말한다.

"우후후, 글쎄, 어쩔까요? 사실은 조용히 기숙사 방에서 게임을 하고 싶지만, 라스테이션 기숙사 대표에게 이기면 어떤 게임이던 가지고 싶은 만큼 사준다고 빌 기숙사장이 이야기해서…… 또 나오게 됐네요."

오오, 고귀한 벨은 게임을 좋아하는구나!? 대화가 잘 맞을 것 같아!

"여전히 방에 박혀있는 걸 좋아하네……. 다른 할 건 없는 거야?"

벨과 대조적으로 차가운 목소리는 작고 둥근 아이, 음, 이쪽이 블랑이었나.

가까이에서 보니 정말로 작다. 나보다 연하 아닐까?

"블랑이야말로, 팔리지 않는 동인지 재고는 조금이라도 줄였어?"

느와르의 말투로 봐서도 틀림없을 거라고 생각했는데,

"느와르랑은 상관없어……. 그보다 선배님 앞에서 말버릇이 그게 뭐지."

서, 선배님!? 이 아이가!?

"몇 번이나 같은 말 하게 하지 말라고. 연상인 벨이라면 모르겠지만 너는 나보다 연하잖아. 연하를 선배님이라고 부르는 거 이상하지 않아?"

"학년은 이쪽이 위야……. 그리고 작년 우승자에게는 경의를 표하라고. 중학생이었던 너를 상대해 줬으니까."

연하지만 학년은 위? …… 뭔가 복잡한 관계다.

벨이 연상이고 선배님이라는 건 척 보면 알겠지만, 이 작은 아이가……. 그렇지?

"우승이라고? 르위 기숙사 전체에서 '피트니스 작전'이나 '라이트 작전' 같은 출장자를 대량으로 보내서 눈을 어지럽게 한 것뿐이잖아. 일대일이라면 내가 이겼다고!"

"…… 패배자의 변명."

"개인의 실력 차로 승부하자고."

"싸움에 진 개의 허세……."

원한이 있어 보이는 느와르와의 대화. 나쁜 애는 아니라고 생각하지만.

하지만 이 긴장된 공기는 마음에 안 드네.

"뭐, 뭐어 그 정도로 해둬. 둘 다 귀여운 얼굴이 엉망이 되잖아? 자 여기서 끝."

나는 일부러 밝은 목소리로 끼어들었다.

이런 위험한 공기에는 나 이상으로 민감한 컴파도

"사, 사정은 잘 모르겠지만 싸우는 건 좋지 않아요. 같은 학교 친구끼리 사이좋게 지내야죠."

내 뒤에 숨은 채 용기를 내서 나에게 지원사격을 해준다. 이럴 때는 확실히 친구라니까.

그런데,

"그런 비겁한 수단을 써서 이기고도 즐거운 거야?"

"그 작전을 세운 건…… 내가 아니야……."

"몰랐다고 하고 싶은 거야? 그런 뻔히 보이는 거짓말은 믿을 수 없다고."

"……."

나와 컴파의 목소리가 들리지도 않는지 느와르와 블랑의 말다툼은 더욱더 심해졌다. 좋지 않아, 좋지 않다고 이런 건.

어찌할 바를 모르는 우리를 더는 볼 수 없었던지 벨 '선배'가 느와르의 소매를 잡아끌었다.

"그쯤에서 그만두는 게 좋을 것 같아 느와르, 그렇게 계속하다가는 여느 때처럼……."

과연, 느와르도 선배라고 인정(?)하는 벨이 차분한 태도로 둘 사이에 끼어들었다.

이걸로 괜찮은 건가 하고 나와 컴파가 얼굴을 마주 본 그때였다.

-푸칭

우리의 귀에 뭔~가 불길한 소리가 들린 건

그 소리의 출처는 금세 알 수 있었다.

"히익!"

컴파는 소리를 지르고는 내 어깨 뒤로 숨었다. 컴파도 금세 알아챘을 거야.

느와르에게서 눈을 돌려 고개를 숙이고 땅만 바라보고 있던 블랑의 몸에서 보통이 아닌 기력이 뿜어져 나오고 있었다.

"…… 정말이지, 사람이 얌전히 들어주고 있자니 별것도 아닌 걸 재잘재잘."

크왓! 블랑이 고개를 들었다.

그 눈에 살기가 가득 차 번뜩이는 걸 보고 나도 멈칫 한 걸음 물러나 어깨에 걸쳐진 컴파의 손을 잡았다.

"그렇게 묘한 생트집을 잡으면, 결국엔 화난다고 임마!"

아니—아니—아니!

화내고 있잖아, 이미 충분히 화내고 있잖아!

'변모'라거나 '사람이 변한다'고 흔히 이야기하지만, 지금이 바로 그런 느낌이다.

블랑이 방금 전까지의 말수가 적고 무표정한 아이라는 인상을 한 번에 바꾸고는 살벌한 눈으로 느와르를 밑에서 노려보는 걸 보고,

"우아아아아."

나는 컴파를 꼭 끌어안고 벌벌 떨었다.

"베…… 벨씨…… 블랑씨, 갑자기 어떻게 된 건가요?"

컴파도 예전에 호러 영화 DVD를 함께 보고 떨었을 때와 같은 목소리로 말한다.

"어머머, 그 전에 말리고 싶었는데, 좀 늦은 것 같네. 블랑

은 평소에는 얌전한 아이지만 가끔씩 머리에 열이 받으면 저렇게 푸칭~ 하고 가버린단 말이지."

"푸칭……."

푸딩이 아니니까 그렇게 가볍~게 말해도 곤란한데요.

"어, 어떻게 안될까요?"

블랑과 느와르가 이 나이의 여자아이가 말하면 큰일 날 대사를 연거푸 뱉으며 쿵쾅쿵쾅 싸우고 있는 걸 손가락으로 가리키며 말했다.

느와르는 넘어가더라도 분노 모드의 블랑은 뿔이라도 돋아난 것 같은 기세라고요?

"잠시 놔둘 수밖에 없겠네. 괜찮아. 늘 있는 일이니까. 싸울수록 사이가 좋아진다는 이야기도 있잖아?"

저, 정말로? 그런 문제인가요? 괜찮은 건가?

믿을 수 없는 나는 주변을 둘러보았다.

과연, 이 정도로 소란을 부리면 여기저기에서 구경꾼들이 모여들고 선생이 달려와서 말려주지 않을까 했지만.

"뭐야, 블랑 또 화난 거야? 괜찮아 괜찮아, 문제 없어."

"여전하네, 저 아이들."

구경꾼들은 블랑과 느와르의 다툼이 별거 아닌 이벤트라고 생각하는 듯 어찌 보면 실망한 듯한 모습으로 흩어졌다. 괜찮은가, 이 학교는?

"말한 대로지? 십 분 이십 분 저러고 있지는 않으니까 두 사람도 느긋하게 기다리면 돼."

"그런…… 가요……."

뭔가 석연치 않은 걸 느끼면서도 나와 컴파는 벨의 말을 믿고 가만히 두 사람의 말싸움을 지켜봤다.

한참 지나자 서로 말싸움의 어휘가 떨어지고 덤으로 숨도 차서 어깨를 하아하아 아래위로 들썩이기 시작한다……. 그런 타이밍에,

"자, 거기까지에요."

벨이 짝, 하고 손뼉을 치고는 두 사람 사이에 끼어들었다.

"블랑, 처음 보는 사람이 있으니까 이제 그만 끝내죠. 느와르도 여기서 이렇게 하면 본 게임에서 지친다고요."

그렇죠? 벨은 마주보고 있는 느와르와 블랑에게 미소를 짓고는 둘을 익숙한 솜씨로 떨어뜨려 놓는다.

좋았어, 사태수습을 도와줘야겠다는 생각에.

"자아, 벨 선배님도 그렇게 이야기하니까. 사이좋게, 사이좋게!"

나도, 서로 노려보는 느와르랑 블랑의 사이에 서서 두 사람의 손을 잡고는, 악수를 시키는 것처럼 서로의 손을 이어줬다.

"…… 넌 누구야?"

갑자기 넉살 좋게 나선 나에게 블랑은 의심스러운 눈빛을 보냈다. 흔히 말하는 노려보는 눈으로 위에서 아래까지 훑어본다.

분노 모드는 끝난 것 같지만, 아아, 이래서야 수상쩍은 사람을 보는 눈이네. 뭐랄까, 보이지 않는 선을 그어버린 느낌.

하지만, 하지만 이 정도로 물러날 네프코가 아니기 때문에. 여기서는 강하게 나가야지 푸쉬푸쉬.

"나는 넵튠! 느와르의 친구야! …… 아, 뒤에서 안절부절 못하는 아이도 내 친구 컴파."

"자, 잘 부탁합니다."

아까까지 너도 덜덜 떨고 있지 않았냐는 딴지는, 지금은 좀 넘어가 줬으면 좋겠어.

활기찬 자기소개로 경각심을 풀자는 작전.

"넵튠……. 컴파…….."

우리가 자신을 소개하자 블랑은 이름을 부르며 우리를 가리켰다.

표정은 변함없이 무표정. 경계심을 풀었는지는 아직 알 수 없다.

그 대신, 이라는 것도 이상하지만 우리의 자기소개에 눈을 반짝인 건 싸움을 말린 벨이었다.

"어머! 그러면 네가 소문의 신입생이로구나? 느와르가 우리에게 말했거든. 사실은 전에……."

"벨! 쓰, 쓸데없는 건 말하지 않아도 돼!"

그 순간, 느와르가 몸통박치기라도 하는 것처럼 벨에게 부딪친다.

하지만 느와르가 뻗은 양팔이 벨의 커다란 가슴에 부딪치자 반대로 그 탄력에 튕겨버린다.

"어머! 정말……. 난폭하다니까. 그 활기는 레이스 본편까지 남겨 두는 게 좋다고요."

이 여유. 어디까지나 우아한 태도를 무너뜨리지 않고, 벨은 계속 이야기한다.

"후후……. 하지만, 지금까지의 상황으로 봐서 알겠어요. 올해의 레이스는 느와르나 블랑 이외에도 강력한 라이벌이 있는 것 같네요."

생긋 웃고는 블랑의 머리에 손을 얹었다.

"…… 그다지."

방해된다는 듯 손을 쳐낸 블랑은, 무표정한 태도를 유지하며,

"나는 빨리 끝내고 원고를 계속해야 해. 방해만 하지 않으면 아무래도 좋아."

라고 말하고는 우리에게서 눈을 돌리더니 그대로 출발 지점을 향해 혼자서 걸어간다.

"…… 느와르만이 아니라 블랑도 솔직하지 못하다니까. 미안해요, 넵튠씨. 나쁘게 생각하지 말아 줘요."

"응, 신경 안 써요."

"그렇게 말해 줘서 고마워요……. 그럼, 저도 가 볼게요. 레이스가 끝나면 다시 천천히 이야기해요."

가볍게 나와 악수하고는 벨도 스타트 지점으로 향한다. 그때도 수많은 팬에게 손을 흔드는 일을 잊지 않은 건 훌륭하다고 해야 하나.

이렇게, 드디어 '하이퍼 오리엔팅'이 시작되었다.

참가자들은 모두 운영자에게 코스의 지도와 코스 중간 여기저기에 있는 체크포인트에 도장을 찍는 시트를 받고 정해진 출발 지점에서 대기한다.

결국, 아이짱과 만나지 못한 채로 시합을 시작하게 된 게 신경이 쓰인다.

"네푸네푸, 떨어지지 말아요. 저는 네푸네푸가 없으면 골인할 자신이 없어요……."

컴파도 신경이 쓰이는 듯, 걱정스레 말했다.

"괜찮아, 괜찮아. 분명히 컴파랑 같이 골인할 수 있도록 잡아끌어줄 테니까."

안심시키듯이 나는 말했다.

"그것보다, 아까 벨의 이야기, 들었어? 우승하면 게임을 원하는 만큼 사준다는 거, 우리도 우승하면 뭔가 상이 있으려나?"

"글쎄요? 기숙사별로 다르지 않을까요?"

"분명히 뭔가 받을 거야! 좋았어, 힘내자고!"

몸 굽히기 두 번에 기지개 한번, 팔을 빙글 돌려 내 자신에게 기합을 넣었다.

하지만 이때, 우리는 알지 못했다. 이 레이스가 상상을 뛰어넘는 파문을 불러일으키리라고는……. 이랄까.

　아니 정말로, 그렇게 될 줄은 몰랐으니까…….

이스투아르 기념학원 고등부 1학년. 간호학과 소속.
마이페이스지만 똑 부러지는 일면을 가지고 있다.
곤란해 하는 사람을 보면 그냥 지나치지 못한다.

003

컴파

STAGE 3

I

"위에서 코스를 보고 올게. 컴파는 거기서 기다려."

나는 지면을 박차고 뛰어올랐다.

변신해서 비약적으로 높아진 신체능력은 내 몸을 가볍게 십 미터 이상 뛰어오르게 한다.

근처에 있는 높은 나무 위에 올라가 손에 든 지도와 주변 지형을 비교해 나아갈 방향을 정하고는 컴파가 기다리고 있는 지상으로 돌아왔다.

"지금 가고 있는 방향이 맞는 것 같아. 발밑을 조심하면서 나가자."

"그래요."

레이스가 시작된 지 한 시간 정도, 우리는 순조롭게 정해진 체크포인트를 통과해 나갔다.

체크포인트는 스타트 지점에서 받은 시트와 지도에 도는 순번이 몇 가지로 정해져 있어서 그 순번대로 돌아야 한다. 그게 규칙이었다.

당연하지만 나는 레이스는 첫 참가라 가능하면 경험자인 느와르랑 같이 돌고 싶었지만,

"말했잖아. 너는 적이라고. 나는 너나 블랑 일행에게 이기는 게 목적이야. 같이 갈 리가 없잖아."

느와르는 차가운 대답과 함께 여신화하고는 그 이상 이야기할 여유도 주지 않고 굉장한 스피드로 우리 앞에서 모습을 감추었다.

정말이지, 어떻게 하면 저렇게까지 나를 라이벌 취급하는지…….

조금은 질리지만, 여신화─다시 말해 변신능력을 사용해도 된다는 걸 안 건 내겐 행운이었다.

변신만 할 수 있다면 발 아래의 고속 벨트 컨베이어도, 공중에서 떨어지는 종을 연속으로 잡는 것도……. 그런 장애물들은 문제가 되지 않는다.

그 외에도 직경 10미터는 되는 것 같은 360도 루프 비탈길을 한 바퀴 돈다던지, 절벽 위에서 낙하산으로 뛰어내린다던지, 가시돋힌 구체가 빽빽하게 떠 있는 연못을 수영해 건넌다던지……. 여러 가지 장애물을 클리어하면서 반대로 신경이 쓰였던 건, 나나 느와르처럼 특별한 힘을 가지고 있는 사람들은 넘어가더라도 보통 학생들은 어떻게 클리어하는 걸까.

실제로 내가 컴파를 안거나 등에 업어가면서 체크포인트를 돌파하는 중, 계속해서 탈락하는 다른 참가자들을 몇 명이나 봤다.

이 아이들, 클리어는 고사하고 제대로 학교에 돌아갈 수나 있을까……. 쓸데없는 생각일지도 모르지만 걱정이 된다.

하지만 걱정된다고 내가 어떻게 해줄 수 있는 것도 아니니까 골인하는 걸 최우선으로 생각해 묵묵히 앞으로 나아간다.

참가자 전원이 같은 방향으로 전진하는 레이스가 아니기 때문에 지금 몇 등인지 전혀 알 수 없는 채 진행한 지 한 시간.

"앞으로 남은 게, 제 3체크포인트의 '이 그림과 같은 버섯을 열 개, 지정된 박스에 넣는다'랑 제1 체크포인트의 '산 위에 세워진 막대기에 걸려 있는 깃발을 내려라' 두 개네요."

라고 컴파가 말한 것처럼, 아직 체크하지 않은 장애물이 두 개 남았다.

"버섯이라니…… 이건 보물찾기잖아."

스타트 지점에 있었던 학생은 50명 정도였다. 도중에 탈락한 학생을 20명 정도 봤으니까, 이 속도라면 아마 중간보다는 약간 위라고 생각하면 되겠지.

난 멍하니 그런 생각을 하면서 말했다.

"그래도……. 지금까지보다는 괜찮네요. 깃발을 내리는 것도 간단할 듯 싶고, 이거라면 저도 도와줄 수 있을 것 같아요."

후우, 어깨로 숨을 쉬면서 컴파가 대답한다.

나는 다시 한 번 지도를 보며 현재 위치를 확인했다.

지금 있는 곳은 컴파가 말하는 '산 위의 막대기'로 가는 길고 긴 언덕길.

앞길을 올려다보니 계속 이어져 있다.

"컴파도 피곤할 테니, 잠깐 쉴까?"

컴파의 체력을 생각하고 그렇게 말했다.

"저보다 네푸네푸가 힘들어 보여요. 계속 저를 업고 달렸잖아요."

하지만 컴파는 다부진 미소를 지으며 반대로 내 걱정을 한다.

…… 컴파의 이야기를 들은 나도 알게 된 게 있다.

확실히, 지금까지의 체크포인트에서 나도 체력을 제법 소모했다. 입학시험 때에 정신을 잃은 걸 생각하니 체력이 너무 많이 떨어지면 변신상태를 유지할 수 없을지도 모른다.

"버섯 채집은 변신을 안 해도 상관없겠지. 만일을 위해서 체력을 비축해야겠어."

그렇게 정하고는…….

엿차, 집중을 풀고 변신 해제.

"후우. 그건 그렇고, 느와르 일행은 매년 이런 걸 하는 건가? 우승상품이 아무리 호화로워도 내년에는 좀 생각해봐야겠는걸."

변신을 푼 순간 피로가 몰려와 바닥에 주저앉아 흐르는 땀을 닦으며 말했다.

"저도 마찬가지에요. 내년에는 볼링 같은 즐거운 종목이나 100미터 달리기 같은 금방 끝나는 걸 하고 싶네요."

컴파도 이제까지의 '대모험'에 흐트러진 머리카락을 손으로 정돈하면서 피곤한 듯이 이야기한다. 정말로 둘 다 고생이 많네.

분위기를 타서 잘 모르는 경기에 참가하는 게 아니로구나. 하지만 분위기만은 아니었던 것 같기도 하고…….

나는 힘없이 웃었다.

"미안, 미안해. 하지만 그때의 분위기를 생각하면 거절할 수 없었어. 모두의 기대에 부응하고 싶었으니까……. 그리고 벨이랑 블랑? 마지막까지 완주하면 상품은 없어도 새로운 친구가 생길 수도 있잖아?"

컴파의 머리 위에 붙어 있는 흙먼지를 털어주면서 말한다.

"반 아이들이라면 모르겠는데, 왜 끝까지 완주하면 그 두 사람과 친구가 될 거라고 생각하나요?"

"그건 청춘 만화의 클리셰! '후후, 마지막까지 뒤따라오다니 제법인데. 마음에 들었다.' '그런 너야말로!'…… 이런 거 말이야!"

"그, 그런가요?"

컴파는 당황한 표정으로 대답했다.

"컴파는 새로운 친구가 생기는 게 즐겁지 않아? 나는 즐거워! 이 학교에 들어온 지 아직 일주일 정도밖에 안됐지만 반 아이들과 이야기하는 것만으로도 즐거운걸! 그러니까 반 밖에서도 친구가 생기면 더 재미있을 거야, 분명히!"

나는 힘주어 대답한다. 진심으로 그렇게 생각했으니까.

그도 그럴 것이, 매일 몇 십 명이 넘는 친구에 둘러싸여 하루를 보내는 건 지금까지의 내 인생에는 없었던 충격과도 같은 즐거움이니까.

어쩌면 이미 있었을지도 모르지만 기억이 돌아오지 않는 이상은 확인할 수 없으니, 인생 최초라고 해도 되겠지, 응.

"그러고 보니 네푸네푸는 지금까지 저 빼고는 친구가 별로 없었네요······."

"마을 사람들과는 잘 지냈지만 또래 아이들은 없었지. 학교에 다니기 전에는 컴파만 있어도 충분하다고 생각했지만, 한번 학교의 즐거움을 알게 되니······ 역시 이전으로는 돌아갈 수 없을 것 같아."

"네푸네푸······."

뜬금없이 내 이야기를 하고 있자니, 컴파가 뭔가를 생각한 듯 가만히 고개를 끄덕이고는 일어났다.

"알겠어요. 네푸네푸에게 근사한 친구가 생길 수 있도록 조금 더 노력할게요. 그럼 이제 가 볼까요."

아직 앉아 있는 내게 손을 내민다.

"휴식은? 괜찮아?"

갑자기 의욕이 생긴 컴파가 의아해져, 나는 물어봤다.

"네, 이제 괜찮아요. 네푸네푸의 이야기를 듣고 있자니 저도 좀 더 친구를 만들고 싶어졌어요······. 네푸네푸에게 친구가 생기게 되면, 저에게도 친구······ 겠죠?"

"컴파······."

그런가, 컴파는 나를 위해⋯⋯. 이거 눈물 나잖아, 친구여!

그렇다면 나도⋯⋯.

"물론이지! 여기서 힘내서 전교생들에게 주목도 업! 학교의 모두와 친구가 되자!"

힘주어 말하며 컴파의 손을 잡고 일어난 뒤 서로 얼굴을 맞대고 고개를 끄덕인다.

좀 더 힘내자고! 라는 무언의 확인.

마음을 가다듬고 다음 체크포인트로 향하려 한 발을 떼었을 때, 눈앞의 수풀이 바스락바스락 커다란 소리를 내며 흔들리기 시작한다.

"뭐, 뭐죠!?"

컴파가 깜짝 놀라 숨을 삼키며 언제나처럼 내 뒤로 숨는다.

"멧돼지려나? 버섯을 좋아하는 이렇~게 커다란 멧돼지가 있다고 들은 것 같은데."

아니면 설마, 곰이라던지⋯⋯. 몬스터는 아니겠지?

일단 뭐가 나와도 문제가 없도록 컴파를 끌어안고 방어태세를 갖추었는데,

"아야야⋯⋯. 길을 잘못 들었네."

수풀에서 모습을 드러낸 건,

"느, 느와르?"

확실히, 느와르였다. 변신을 푼 운동복 모습. 그 트윈테일을 착각할 리 없다.

느와르도 바로 우리를 눈치챘는지

"왜, 왜 너희가 여기에?"

라고 눈을 크게 뜬다.

"그건 우리가 할 말인데……. 아, 설마!"

"왜, 왜 그래?"

"느와르, 남은 체크포인트가 '버섯채집'이랑 '깃발 내리기'아니야?"

"…….'

내가 물어보자, 느와르는 크게 뜬 눈을 원래대로 돌리고 입을 다물었다.

아무리 봐도 맞춘 것 같은데.

"…… 역시 우리는 서로 결판을 낼 운명인 것 같네. 아니, 넵튠만이 아니야, 벨이랑 블랑과도!"

잠시 동안 가만히 있던 느와르였지만, 이윽고 한번 크게 숨을 내쉬고는 말했다.

그 한마디에, 이번에는 나와 컴파가 눈을 크게 뜬다.

"벨이랑 블랑도 가까이에 있어?"

느와르는 '그래'라고 고개를 끄덕이고는 계속 말했다.

"숨겨도 소용없고……. 너는 몰랐어? 여신화하면 바로 기척을 알 수 있는데."

"잠시 쉬려고 변신을 풀었거든. 느와르도 변신을 풀었잖아."

"이건 작전이라고, 작전. 체력을 보전해서 마지막에 단숨에

승부를 낸다!"

"작전을 우리 앞에서 이야기해도 되는 거야?"

"……."

느와르는 또 입을 다물었다.

본성은 정직한 아이구나. 느와르의 이런 부분은 귀엽지만, 그렇게 말하면 분명히 화내겠지.

라고 내가 생각을 하고 있자니,

"그럼 저희들과 도중까지 같이 갈래요?"

갑자기 컴파가 과감한 제안을 했다.

아니, 그래도 컴파, 그건 좀 어렵지 않을까?

"처음에 말했잖아, 나는……."

그것 봐.

당연히, 느와르는 넘어가지 않는다. 하지만 여기까지는 컴파도 예상한 모양이다.

"그건 알고 있어요. 그러니까 도중까지라고 말했잖아요."

여전히 차가운 눈초리를 하고 있는 느와르의 이야기를 부드럽게 흘리면서 말했다.

"깃발을 내리는 체크포인트는 산 위라고요? 그러니까 도중에 협력해서 버섯을 모으면 돼요. 세 명이 협력하면, 빨리 모을 수 있을 테니까요."

"그, 그건…… 그렇네."

"그렇죠? 그리고 최후의 체크포인트에서 과감하게 네푸네푸와 결판을 내면 돼요. 저는 일등이 아니어도 상관없으니까, 두 사람의 방해가 되지 않도록 응원할게요."

"뭐, 뭐야 갑자기……. 거기다가 응원이라니, 무슨 소리야? 나는 적이라고."

"아니에요. 느와르도, 네푸네푸도 소중한 친구에요. 적이 아니라고요……. 그렇지, 백 보 양보해서 라이벌이라고 하죠."

"……."

느와르는 바로 대답하지 않았다.

곤란해 보이는 표정을 짓고는 잠시 동안 컴파를 보는가 싶더니,

"바보구나, 2대1이라면 승산이 있었을지도 모르는데. 이런 착해빠진 사람은 나중에 고생한다고."

우리에게 등을 돌리고는 작은 목소리로 말했다.

"느와르?"

그 등에 대고 내가 말을 걸자,

"…… 어쩌면 벨이랑 블랑도 같이 움직이고 있을지 몰라. 그렇다면 나만 불리하지."

등을 돌린 채로 계속 이야기한다.

"그렇다면 잠시 공동작전을 펼치는 것도 좋아……. 하지만 걸림돌이 될 것 같으면 주저 없이 놔두고 갈 거야."

느와르의 말을 들은 컴파가 가만히 내 어깨에 손을 얹고 웃었다.

11

이렇게 해서, 느와르가 말한 대로 공동작전을 펼치게 된 우리는 셋이 협력해서 일단은 '버섯채집'을 정리하기로 했다.

그런데 이게 진짜 어려워! 그래 봤자 버섯채집이라고 만만하게 볼 게 아니었다.

"…… 그런데 진짜로 체육대회랑은 별 상관없지 않아? 무슨 이유야?"

손을 진흙투성이로 만들어 가며 여기저기 돌아다녀 겨우 찾은 게 네 송이, 이래서야 불평 한 두 마디쯤은 말하고 싶어지네.

"버섯채집은 기본이라고, 기본."

느와르가 진지한 얼굴로 대답한다.

"기본이라니……. 무슨?"

"정말 아무것도 모르는구나. 이 하이퍼 오리엔팅에 나오는 장애물은 하나하나 중요한 뜻이 담겨 있다고."

"뭐? 이건 그냥 버섯이잖아."

"먼 옛날, 어느 산골마을에 출몰한 흉악한 몬스터를 처치해 전설이 된 사냥꾼이 있었어. 하지만 그 사람이 처음부터 위대한 사냥꾼은 아니었지. 마을을 찾아올 때에는 아직 초보였던 그 사람은 먼저 마을 사람들에게 인정받기 위해 꾸준히 특

산품인 버섯을 모아 마을을 풍요롭게 하는 것부터 시작했다고
해."

"그거 참, 굉장히 긴 이야기네……."

"하지만 그렇게 마을사람들의 신뢰를 얻게 된 덕에, 사냥꾼
은 마을 사람들의 협력을 얻어 마침내 몬스터를 쓰러뜨렸어.
목표를 달성하기 위해서는 작은 노력부터 조금씩 쌓아야 한
다……. 그런 교훈을 배우기 위한 장애물이라고."

그렇게 말하니 뭔가 좋은 이야기를 들은 것도 같은데…….
어디까지가 사실인지.

그리고 그렇게 몬스터에게 피해를 입고 있다면 한 사람에게
맡기지 말고 한 번에 네 명 정도 굉장한 실력의 사람들을 불러
서 몰매를 놓는 게 좋을 것 같은데.

그런 감상이 목까지 올라왔지만, 나는 당황해 침을 꿀꺽 삼
켰다.

어차피 이야기하고 있는 느와르는 진지하니까, 괜히 이상한
이야기를 해서 기분을 건드리면 컴파가 제안한 공동작전도 물
거품이 돼 버릴지도 몰라.

"그, 그럼 '깃발을 내려라'에는 어떤 뜻이 있어?"

그 대신 나는 다른 질문을 했다.

바로 느와르는 반응을 보였다.

"이것도 옛날 이야기인데, 이 주변에는 '그 모습, 풍요로운
복숭아 같다'라고 불리는 아름다운 공주님이 다스리는 평화로

운 나라가 있었지."

"복숭아 공주님이라니 어쩐지 에로틱…… 아니, 맛있어 보이는 사람이네."

"하지만 어느 날, 왕국이 침략당하고 공주님이 납치되었어,"

오오, 이건 왕도적인 전개인데.

분명히 용감하고 근사한 용사님이 공주님을 구하기 위해 나서는 이야기겠지?

"그래서, 그래서?"

"그때 왕궁에서 일하고 있던 형제가 공주님을 구하기 위해 나섰다……."

"오오, 드디어! 용사님 등장!"

"안됐지만 둘 다 수염 난 아저씨 전사였던 것 같아. 어찌됐건 형제는 침략자에게 빼앗겨 버린 왕국의 성채를 탈환할 때, 침략군의 깃발이 걸려 있는 성채 꼭대기 탑의 깃봉으로 뛰어올라 깃발을 내렸다는 옛날 이야기가 있어. 때로는 깃발을 내리는 동시에 불꽃이 몇 발이나 터졌다고 해."

"왜 그런 아크로바틱한 일을……."

"그들의 용기를 보여 단호히 맞서겠다는 결의를 나타내고, 아군을 고양시키는 거야. 많은 사람들에게 용기와 희망을 주기 위해서는 뭐든지 선두에 나서야 하는 법……. 이것도 큰 교훈이지."

글쎄, 모르겠네.

그냥 활기찬 성격으로, 화려한 걸 좋아했는지도 모르고…….

분명히 얼굴에 어울리지 않는 새된 목소리로 환호를 질렀던 게 틀림없어. 어쩐지 나에게는 그 광경이 보이는 것만 같았다.

물론 이 감상도 내 가슴 속에만 담아 두기로 하자.

그러자.

"정말이지~네푸네푸도 느와르도 이야기만 하고 있지 말고 버섯을 찾아 주세요. 여기, 다섯 송이째라고요."

지면에 쪼그리고 앉아, 나무뿌리를 슬금슬금 뒤지고 있던 컴파가 불만이 가득한 목소리로 말한다.

"아, 미안해."

"할게, 제대로 한다니까."

당황해서 나도 다시 버섯채집을 시작했다.

…… 하지만 세 명이 이렇게나 찾아도 겨우 다섯 개, 세 명 다 체크포인트를 통과하려면, 앞으로 25개나 찾아야 되는데? 이대로라면 해가 질 것 같다.

좀 더 빨리 할 수 없나…….

(어딘가에 수북하게 자란 곳은 없나?)

계속 주저앉아 있어서 쑤시는 허리를 꾹꾹 주물러가며 주변을 둘러보았다.

그러자, 지금 있는 곳에서 언덕을 올라가면 있는 커다란 바위 그늘에 지금껏 찾고 있던 버섯을 발견했다. 그것도 다섯 송이나!

오오! 이건 그야말로 하늘의 은혜! …… 아니 대지의 은혜인가? 뭐든지 좋아. 나는 환호성을 내지르며 한번에 언덕을 올라갔다.

"잠깐, 갑자기 왜 그래!"

"네푸네푸, 기다려요."

"기다릴 수 없어! 둘 다 빨리 와!"

바위그늘의 버섯을 다섯 송이 전부 뽑아들고, 나는 외쳤다.

쫓아온 둘도 내 손에 있는 다섯 송이의 버섯을 본 순간 눈을 반짝였다.

"네푸네푸! 굉장해요!"

"그렇지, 그렇지? 더 칭찬해 줘도 된다고!"

어쩌면 우리, 노다지를 찾은 건지도 몰라.

눈썹 부근에서 파직, 하는 효과음이 들려 그 소리에 이끌리듯 산 위로 고개를 돌리니,

"있어! 여기 있다고! 가득 돋아 있어!"

지금까지 그렇게 고생해서 찾았던 버섯이 바위에 찰싹 달라붙어 있는 게 눈에 들어왔다.

"그렇군, 그 버섯은 나무가 아니라 바위 그늘에 자라는 성질이 있었던 건가. 저길 봐. 저 위쪽은 숲이 끝나고 바위밭이라 저렇게 모여 자라는구나."

"그런 진지한 이야기는 나중에 하고, 지금은 버섯천국을 즐기자고. 원하는 대로 딸 수 있어."

"필요한 만큼만 따면 돼, 취지를 잊은 거 아냐?"

네네, 알겠습니다.

그렇다고 해도, 장소를 조금 바꿨을 뿐인데 이렇게 많이 나 있다니, 놀랐어. 좀 더 빨리 발견했으면 좋았을 것 같지만, 그건 넘어가자.

이대로라면 눈 깜짝할 사이에 20송이는 물론이고 50송이나 100송이라도 딸 수 있을 것 같다. 이걸 전~부 우리가 독점해서, 여기에 올지도 모르는 아이들에게 팔면 일확천금도 꿈이 아닐걸? 그런 비뚤어진 생각도 한순간 머릿속에 떠올랐다.

우리는 한동안 무아지경이 돼서 버섯을 땄다. 그 때는 지금까지의 울분도 풀 겸 해서 피곤한 것도 신경 쓰지 않고 모두들 들떠 있었다.

그 성실한 우등생인 느와르도 그랬으니까, 얼마나 들떴는지는 알 수 있겠지…….

하지만 지금 생각해 보면 그게 문제였다.

버섯에만 정신이 팔려 있던 우리는 숨어드는 이변과 위험을 눈치채지 못하고 있었다.

저쪽에 커다란 버섯이 있어. 이건 이상한 모양이라 재미있네 등등 떠들어대며 우리는 점점 돌밭을 올라갔다.

충분히 필요한 양의 버섯을 구하고, 정신을 차린 순간.

"뭔가 분위기가 이상하지 않아?"

이변을 처음으로 눈치챈 건, 느와르였다.

"이상하다니 뭐가? 다리가 달린 것처럼 생긴 버섯 말이야?"

"그게 아니야, 이상한 건 주변 풍경."

딴지도 적당히, 느와르가 소리를 죽여 말했다.

"그러고 보니……"

반응을 보이는 건 컴파.

"어쩐지, 방금 전하곤 바위 위치가 다르네요……. 기분 탓일지 모르지만."

그런 바보 같은 일이~.

바위가 제멋대로 움직인다는 거야? 그럴 리 없잖아. 저런 무거운 게 혼자서 움직인다면 완전 호러라고 호러.

나는 근처에 있는 내 키 정도의 바위를 손바닥으로 두들겼다.

바위는 맨질맨질한 감촉으로, 땀을 흘린 몸에는 차갑게 느껴져 기분이 좋다. 그 외에는 이렇다 할 특징은 없는, 단순한 바위…… 인데.

"봐, 아무 일도 없잖아. 둘 다 왜 그러는데?"

바위에 어깨를 기댄 채로, 내가 둘을 향해 뒤돌아본 순간.

─스슥.

커다란 물건이 지면을 스치는 소리가 나며 누군가가 뒤에서

미는 것처럼 몸이 앞으로 고꾸라진다. 그와 동시에,

"네푸네푸, 위험해요!"

"…… 어라?"

챙, 하고 컴파의 새된 목소리가 내 귀에 들려왔다.

잠깐! 잠깐, 잠깐! 농담은 그만해.

여기에 있는 건 나랑 컴파랑, 느와르밖에 없을 텐데, 누가 나를 민 거지……. 아까와 같은 차가운 감촉이…….

이건, 위험하다고! 나는 반사적으로 그 자리에서 뛰어올랐다.

그리고 나는 봤다.

우리 세 명이 손을 맞잡고 감싸도 모자랄 정도의 커다란 바위가 지면을 스치면서 천천히, 제멋대로, 자연스럽게, 자동적으로, 우리를 향해 움직이고 있다.

"이쪽에 있는 것도 움직이고 있어! 컴파, 조심해!"

하지만 느와르가 소리친 것처럼 한 개가 아니다.

눈 깜짝할 사이에 이 바위도, 저 바위도, 큰 것도 작은 것도, 이것도 저것도! 이 주변에 있는 바위들이 전부.

–스슥, 스스스슥

지면을 스치면서 우리를 둘러싸고 있었다.

그것들이 소리를 맞춰 움직이는 소리가 기분 나쁘고 불길한 느낌을 준다.

"우, 우와아아……. 뭐야 이건!"

"기, 기분 나빠요……."

"이, 이거……. 에리어를 바꿔서 다시 로드하면 원래대로 돌아가지 않으려나."

"최근에는 엔진이 진화해서 하나하나 필드에서 로드하지 않는다고……. 가 아니라 무슨 얘길 하는 거야!"

우리가 허둥지둥하는 사이에도 바위의 대이동은 계속된다.

정신을 차려 보니 바위들은 우리를 중심으로 원을 그리는 것처럼 정리돼 있었다. 전후좌우 어디를 봐도 바위! 바위! 바위! 초현실적!

하지만, 정리하고 네, 끝났습니다……. 라면 기분 나쁜 걸로 끝나지만, 보통 이럴 때 그런 만만한 전개는 없다.

우리를 둘러싼 바위 무리는 한동안 아무 말도 없이 우릴 바라보고 있었지만─그래, 바위한테 눈 같은 건 없을 텐데, 그때는 확실히 '보고 있다!'고 생각했다─드디어.

"뛰, 뛰었어?"

그래, 뛰었다. 휘익, 하고 일제히!

조작레버를 아래, 위로 하던지 아니면 버튼을 동시에 눌렀나? 아무리 봐도 중력을 무시한 슈퍼 점프! 이 높이라면 5~6발은 간단히 공중콤보를 날릴 수 있을 것 같다.

하지만 뛰어오른 후에는 당연하지만…… 떨어진다.

위로 올라갈 때는 중력을 무시한 주제에 떨어질 때는 제대로 세계의 법칙에 따르다니, 너무 편리한 설정이지만, 어차피 상대는 바위라 말도 통하지 않는다.

자동차 크기의 다이빙 프레스, 제대로 맞으면 100% 납작해지겠지! 내가 할 수 있는 일은,

"위에서 온다! 조심해!"

양팔에 안고 있던 버섯을 던지며 외치는 것뿐이었다.

거대한 바위 그림자가 방심상태로 멍하니 보고 있던 컴파의 머리 위에 걸려 있었다.

"컴파, 피해!"

소리를 지르고는 온 힘을 다해 컴파를 밀어낸다. 컴파가 가지고 있던 버섯도 공중에 흩어졌다. 하지만 지금은 그런 걸 신경 쓸 때가 아니다. 둘이 엉켜 흙투성이가 된 채로 땅바닥을 구르자 아까까지 컴파가 있던 장소에 바위가 땅을 울리는 소리를 내며 떨어졌다.

"컴파, 괜찮아?"

"……."

재빨리 몸을 일으킨 내가 컴파의 어깨를 흔들었지만, 반응이 전혀 없다.

머리 위에 병아리들이 날아다니는 게 보이는 것 같다.

…… 안 되겠어, 이러다가는 혼이 날아가 버리겠네.

그럴 만도 하지. 나는 지금까지 몇 번이나 몬스터와 싸운 적이 있지만, 컴파는 처음이니까.

지금 컴파를 지킬 수 있는 건 나밖에 없어!

이제 체력보전이고 뭐고 망설일 때가 아니라고. 바로 나는,

"하아아아!"

기합소리와 함께 변신!

몸이 뜨거워지며 전신에 힘이 솟아난다.

"어쨌거나, 이곳을 벗어나야 해…… 느와르!"

컴파를 끌어안고, 나는 느와르의 이름을 불렀다. 하지만 대답이 없다.

(설마…… 다른 바위에 깔린 건가?)

그렇지는 않을 거야. 느와르도 이런 긴급 상황이면 변신해서 어떻게 헤쳐 나가려 하겠지.

내 생각대로, 컴파를 노렸(다! 그 밖에 생각할 수 없었)던 큰 바위 저편에서 "하앗!"하고 기합소리가 들리고는 눈부신 빛이 하늘을 향해 뻗어 간다. 그 섬광이 잠잠해지자. 재빨리 근처의 바위로 점프하는 뒷모습이 보였다.

까만 트윈테일이 아닌, 반짝반짝 태양빛을 받아 빛나는 은백색 머리, 틀림없이 변신한 느와르다.

다행이다. 나랑 느와르가 힘을 합치면 안전하게 컴파를 도망치게 할 수 있어…….

하지만, 안도의 숨을 내쉰 그때, 믿을 수 없는 광경을 목격했다.

느와르가 떨어진 바위 위에서 흘끔, 나를 한번 쳐다보는 것 같더니,

"······ 자, 잠깐!"

우리를 도와주려 하지도 않고 그대로 그곳에서 사라져 버렸다.

"거짓말이지!? 느와르!"

큰 소리로 외쳐봤지만, 느와르의 속도는 굉장히 빨라서 내 목소리가 들릴 것 같지는 않았다. 설마······. 기분 나쁜 생각이 내 머리를 스친다.

우리가 움직일 수 없는 틈에 골인해서······. 그렇게 우리에게 이겼다고 말하려는 건······.

아까 떨어진 바위를 피할 때, 나도 컴파도 버섯을 떨어뜨렸다. 아마 바위 밑에 깔려서 흔적도 남아있지 않겠지.

그럼 느와르 건? 설마 자기 것만 제대로 가지고 있었나? 그렇다면, 역시······.

(아직 모르잖아, 그 순간에는 아무것도 안 보였다고!)

나는 고개를 저어 스믈스믈 올라오는 검은 의혹을 떨쳐낸다.

이상한 생각은 하지 말고 집중해야 돼! 어떤 이유가 있다고 해도 느와르의 힘을 빌릴 수 없는 건 확실하니까. 아까 말했잖아? 컴파를 지킬 수 있는 건 나뿐이야, 넵튠!

III

"네, 네푸네푸……."

"그렇게 걱정하지 않아도 돼, 괜찮으니까 걱정하지 마."

"그, 그래도……."

바람을 가르며 날아오는 주먹 모양의 바위를 발로 차서 깨뜨린다.

그다음으로 오는 건 처음에 떨어진 것과 같은 크기의 큰 바위. 온몸에 힘을 주어 정면으로 받아낸다.

"무, 무거워……. 하지만…… 이쯤이야!"

"네푸네푸!"

"고작 돌덩이 하나쯤, 내 힘으로 밀어내 주지!"

"하나가 아니에요! 또 하나가 옆에서!"

"크으윽……! 이야아압!"

받아낸 바위를 컴파가 말한 '옆에서 오는 바위'에 던지자 두 개의 바위가 커다란 소리를 내며 땅바닥에 굴렀다.

하지만 아직도 기분 나쁘게 움직인다. 우리를 둘러싼 포위망을 풀 기미는 없는 것 같다.

"끝이 없네요……. 우리 어떻게 되는 거죠?"

"어떻게 되긴, 내가 컴파를 지킬 거야. 그리고 둘이서 집에 돌아가자. 단지 그것 뿐이야!"

정신을 차린 건 다행이지만, 이번엔 혼란에 빠진 컴파를 달랜다.

계속해서 날아오는 바위를 던지기도 하고 튕겨내기도 하며 필사의 방어전을 벌인다.

이 둘을 동시에 하는 건 체력과 정신력이 굉장히 소모된다. 하지만 우는 소리를 낼 수 없어. 할 수밖에 없다고.

…… 어떤 원리로 움직이는지도 알 수 없고, 무슨 이유로 우리를 공격하는지도 알 수 없다.

거기다가 언제까지 이러고 있어야 하는지도 알 수 없는, 정말 알 수 없는 것투성이인 '적'을 상대로 하는 건 상상 이상으로 빨리 피로가 쌓인다.

"컴파……. 내가 어떻게든 이 바위의 주의를 끌 테니 그 틈에 도망쳐, 선생들한테 이 일을 이야기하고 도와줄 사람을 불러와"

이대로 있으면 상황이 악화될 뿐이야, 라는 말을 삼키고 나는 말했다.

"아, 알겠어요! 네푸네푸만 힘들게 할 순 없어요!"

컴파는 망설이는 듯한 눈빛을 보였지만 결심한 듯, 기대했던 대답을 해 주었다.

"부탁해……. 그런데, 즐거운 체육대회가 이렇게 돼 버렸네, 내년에는 컴파가 말한 대로 나도 볼링을 할게."

큰일을 맡게 된 컴파의 긴장을 풀어주려고 나는 농담처럼 이야기했다.

"뭐든 분위기로 고르면 안 된다는 것도 교훈이에요, 반성하라고요!"

"제법인데……. 그렇지, 나중에 느긋하게 목욕이라도 하면서 반성회를 하자."

컴파의 반격에 나는 진심이 담긴 미소를 보여줬다.

응, 이렇게 대답하는 걸 봐서는 괜찮을 거야.

이런 나의 기대를 비웃는 것처럼 지면을 스치는 귀에 거슬리는 불협화음이 소리를 높였다.

지익, 지익……. 포위망이 좁혀지자 압박도 커진다.

바로 내가 견제의 움직임을 보이자, 거기에 반응한 듯 움직임을 멈추고 냉정하게 분위기를 살핀다. 바위 주제에 귀엽지가 않다.

"정말로, 평범하고 이름도 없는 돌 주제에 강적인 척하는 게 맘에 안 들어……. 이왕이면 드래곤이나 데몬 같은 근사한 몬스터가 상대하기에 부족함이 없을 텐데."

바위 상대로 진지하게 말을 걸어본다.

이것도 일리 있는 행동이라고 생각한다. 이 녀석들은 틀림없이 자신의 의지를 가지고 있다. 지금까지의 행동이 그걸 증명하고 있다.

이렇게 바위의 주의를 나에게 돌린 후에,

"하아아아아……."

안 된다는 걸 알면서도 나는 일부러 소리를 높이고는, 뭔가 엄청난 기술을 쓰는 것처럼 양팔을 몸 앞으로 천천히 뻗었다.

자, 이건 어때? 신경 쓰이겠지. 뭔가 위험한 분위기 아냐?

속아 넘어가라고, 그리고 좀 더 나를 봐. 너희한테 강적은 나 하나뿐이니까. 나는 마음속으로 중얼거렸다.

…… 하지만,

"꺄아아!"

들릴 리 없는 컴파의 비명소리가 내 귀를 찌른다.

심장이 튀어오를 것 같아 뒤를 돌아보니.

"우, 움직일 수가 없어요……. 네푸네푸……."

"컴파!"

하나하나는 지우개 정도 크기에 불과한 작은 돌, 그것이 몇십 개나 연결돼 있다. 굳이 말하자면 '작은 돌 사슬' 같은 것이 몇 개나 땅에서 솟아나와 컴파의 양손과 양 발에 얽혀 있는 게 눈에 들어왔다.

당했다! 라고 생각했을 때는 이미 늦었다.

속아 넘어간 건 내 쪽이었나!

커다란 돌의 움직임에 시선이 팔려 발밑에서 움직이고 있던 작은 돌에 주의를 기울이지 못했다. '녀석들'은 그걸 눈치채고 나의 허를 찔러 컴파를 인질로 잡은 거다.

'서, 설마 돌 따위에 속아 넘어갈 줄이야!'

머리를 짜내 생각한 작전이 돌에 간파당하다니 농담도 정도가 있다.

아무리 내가 학교에서 공부를 못한다 해도 이건 굴욕이라고밖에 생각할 수 없다.

하지만 후회해 봤자 소용이 없다.

이를 악물고 분해할 틈도 주지 않고, 바위들은 한판 승부를 걸어왔다.

컴파를 도와주려고 내가 돌 사슬에 손을 대려 하자,

"아, 아야야…… 괴로워요……."

함부로 움직이지 말라고 이야기하고 싶은 건지. 사슬이 컴파를 세게 조여 왔다. 이런 비겁한 돌은 본 적이 없다.

거기다가 내가 움직일 수 없다는 걸 알게 되자

"…… 크읏!"

굴러가고 있는 것 중 제일 큰 바위가 중력을 느낄 수 없는 움직임으로 공중을 날아 나를 덮쳤다.

내 머리 위에 자리잡은 바위가 가차없이 떨어진다.

이 크기라면 피할 수 없어! 받아낼 수 없다고!

(미안해…… 컴파!)

나는 눈을 감았다.

다행이라면, 이 정도 크기의 바위에 깔린다면 아픔이고 뭐고 느끼지도 못하고 끝난다는 거랄까…….

그때였다.

"죽어라! 이야야야야!"

분노가 섞인 거친 목소리가 내 귀에 들려온다.

그리고.

"지금이야, 넵튠! 컴파를 도와줘!"

다른 목소리가 들린다. 이번에는 내 이름을 부르고 있다!?

"누, 누구야!?"

"이야기는 나중에! 서둘러!"

수수께끼의 목소리에 이끌려 나는 눈을 떴다. 먼저 알게 된 건, 각오하고 있던 충격이 덮치지 않았다는 것.

나를 깔아뭉개려던 큰 바위는 어딘가로 사라졌다.

다음으로 알게 된 건, 컴파를 구속하던 돌 사슬이 느슨해졌다는 것.

"컴파!"

"네푸네푸!"

생각하기도 전에 나는 사슬을 향해 달려갔다. 먼저 가슴 사이에 끼어 컴파의 몸을 조이는 사슬을 노려 있는 힘을 다해 잡아뗀다! 양팔에 감겨있던 사슬은 하나씩 재빠르게 수도로 쳐내고, 양발에 꿈틀거리는 녀석들을 발로 걷어찬다.

모든 사슬을 컴파의 몸에서 떼어내자 다시 목소리가 들렸다.

"컴파를 구해냈으면 안고 뛰어! 이쪽이야!"

이 목소리는…….

"느와르!"

"멍하니 있지 말고, 빨리!"

확실히 그건 느와르의 목소리였다. 목소리가 들려오는 쪽을 돌아보니 우리를 둘러싼 커다란 바위 중 하나에 올라탄 느와르가 이쪽을 향해 손을 뻗었다.

"알았어! …… 간다, 컴파. 꼭 잡아!"

"알겠어요!"

나는 왼손으로 컴파를 끌어안고 뛰었다.

동시에 오른손을 있는 힘껏 느와르에게 내민다. 손끝이 서로 닿자 느와르가 손을 크게 뻗어 내 손을 꼭 붙잡는다.

"이단 점프! 컴파를 놓치지 마!"

계속해서 느와르도 뛰어오른다.

팔 하나로 나와 컴파, 두 사람의 체중을 가볍게 받아내고, 물러서자마자 외친다.

"이제 됐어, 벨! 블랑! 해치우라고!"

벨? 블랑?

그럼 아까 들린 목소리는……

확인을 위해 뒤를 돌아보니,

"돌 따위에게 나의 화려한 기술을 보여주는 건 아깝지만……. 얌전히 쓰러져 주시죠."

"조금만 있으면 2연패……. 다음에 낼 초호화 사양 동인지 비용을 받으려고 했는데……. 해치운다!"

나와 느와르처럼 몸에 딱 달라붙는 코스튬으로 몸을 감싸고 하늘에서 바위들을 바라보는 두 개의 그림자.

한 명은 긴 에메랄드빛 머리를 포니테일로 묶고, 원뿔 모양 장창을 든 모습.

키로 봐서는 벨이 틀림없다.

다른 한 명, 블랑이라고 생각되는 쪽은 북극의 얼음을 연상시키는 아이스 블루의 머리카락을 한 손으로 긁적이며, 자기 키보다 커다란 전투용 도끼를 가볍게 휘두르고 있다.

블랑은 아까의 거친 말투를 쓰고 있다. 남자아이 같은 분위기인데, 이것도 변신의 영향인가?

"굉장하네요, 네푸네푸와 느와르뿐만 아니라 저 두 명도 변신할 수 있다니."

"말했잖아, 이래봬도 여신후보 육성과 중에서도 톱클래스라고. 분하지만 실력은 진짜야. 그래서 도움을 받아야겠다고 생각했어."

방심한 듯 중얼거리는 컴파에게 느와르가 말했다.

"그러니까 당분간 맡겨놔도 괜찮을 거야, 이 사이에 컴파를 안전한 곳으로 옮기자고."

도움을 청하러……

그렇지, 그렇구나. 느와르는 우리를 버리고 자기만 레이스에 돌아간 게 아니었구나. 우리만으로는 저런 괴물 바위 상대로는 어려울 거라고 생각해서 제일 믿을 수 있는 저 두 사람을 부르러 간 거로구나.

저 두 사람, 벨이랑 블랑도 레이스를 내던지고 도와주러 왔어. 그런데……

"느와르. 나, 사실은 네가 우리를 버리고 간 거라고 생각했어……. 미안해."

"흥! 사실은 그래도 상관없었다고. 하지만 승부와 상관없는 컴파를 그냥 놔둘 수는 없잖아! 그, 그것뿐이라고!"

"느와르……."

"지, 지금 그런 건 아무래도 상관없잖아! 내려간다!"

"후후, 고마워요. 느와르. 느와르는 흔히 말하는 새침부끄로군요."

"시끄러워! 그런 게 아니라니까!"

척 봐도 멋쩍어하는 표정으로 느와르는 다른 곳을 바라본다.

나도 컴파도, 느와르의 뺨이 빨개진 걸 놓치지 않는다. 서로 마주보며 소리를 내지 않고 웃는다.

느와르가 조금 난폭하게 내 팔을 잡아끌어 괴물 바위에서 조금 떨어진 자리에 재빨리 내려앉는다.

"나, 벨이랑 블랑이 있는 곳으로 가 볼게. 우리를 도와준 저 둘을 그냥 놔둘 순 없어……. 이제부터 한동안 혼자가 되는데 괜찮겠지?"

"걱정하지 말아요. 바로 선생에게 알려서 경찰이나 군대를 불러 올게요. 그러니까 네푸네푸도 느와르도 무리하면 안 돼요."

"믿음직스러운데, 그럼 맡겨둘게 컴파!"

"그 이전에 전부 우리가 해치울 것 같지만, 혹시 모르니 부탁할게.”

컴파는 나와 느와르의 말에 고개를 끄덕이고는 달려갔다.

그럼……. 걱정거리는 사라졌으니 이제부터는 반격이다!

“…… 라고 폼 잡은 건 좋았지만…….”

“이건 예상외의 사태네요.”

컴파를 무사히 도망치게 하고, 재빨리 벨과 블랑에게 돌아온 우리는 할 말을 잃었다.

“왜 그렇게 떨어진 곳에서 느긋하게 있는 거에요, 둘 다! 이쪽이에요!”

잠깐 사이에 변해버린 상황을 받아들이는 데에는 시간이 필요했다. 호통을 치는 벨의 목소리.

그리고, 거기 있는 건 벨과 블랑 말고도 또 하나.

“바위…… 거인?”

이라고 불러야 할 것이, 하늘에 떠 있는 우리조차도 굽어봐야 할 정도로 거대한 몸을 드러내고 있었다.

“잠깐 설명 좀 해줄래? 이건 너무 갑작스럽잖아?”

내가 말하자,

“설명할 것도 없이 보는 그대로야. 너희가 잠깐 빠져나간 뒤에 이 주변의 돌이 전부 합체해서 이렇게 됐다고!”

블랑이 말했다.

“제 생각에는 저게 본래 모습인 것 같아요. 여러분이 간 뒤에 저와 블랑이 각각 필살기를 보여주니……. 갑자기 난폭해지더니 한데 모여 저렇게 됐어요."

"위기를 느껴 무리를 지었다는 건가? 무리라고 해도 되는 건지 모르겠지만."

벨의 보충설명에 느와르가 질린 듯 어깨를 움츠리며 말한다.

그 의견에는 나도 동의하지만……. 그렇다고는 해도 너무 크다.

"작년까지 연안 국제전시회장 근처에 비슷한 거인상이 서 있었어. 장난감 회사에서 이벤트로 만들어서 화제가 됐는데 그 정도의 크기 아닐까?"

"그건 눈이 빛나는 정도지만. 이건 움직이는 데다가 공격도 하잖아."

"그 말대로에요. 곤란한데요, 이거."

"수다는 나중에 떨자. 온다!"

느와르의 목소리에 우리는 좌우로 흩어졌다. 바위거인의 펀치가 공기를 가르는 소리를 내며 스쳐간다.

주먹이 일으킨 바람만으로도 날아가 버릴 것 같은, 소름 끼치는 일격. 주먹의 크기 그 자체가 최대의 무기로, 저런 것에 맞으면 전신의 뼈가 조각조각날 것 같다.

"크윽……. 일단 물어볼 게 있는데, 저것도 하이퍼 오리엔팅의 장애물은 아니겠지?"

"당연하지. 장애물이라면 느와르가 부탁해도 가만히 놔뒀다고. 너도 여신화의 힘을 가지고 있다면 느껴지겠지? 녀석이 내뿜는 사악한 기운을."

거인의 공격을 피한 나는 거꾸로 매달린 상태로 공중에 떠 있는 블랑에게 물어봤다. 블랑은 간단히 부정했다.

"저런 게 학원 안에 있다니……. 어찌됐건 해치워 버리자고!"

"어떻게?"

"그거야, 힘으로 쳐부숴야지! 이야아압!"

전투용 도끼를 휘둘러 몸을 바로잡은 블랑이, 우렁차게 외치며 바위거인에게 달려들었다.

"뭐, 그것밖에 없겠지……."

나도 결심을 굳히고 뒤를 따른다. 블랑과 다른 두 사람과는 달리 무기가 없는 나는 격투기에 맡길 수밖에 없는 게 불안하지만.

"그건 기합으로 커버!"

온 힘을 다해 거인의 주먹에 발차기를 한방 먹였다.

그와 동시에 블랑의 전투용 도끼가 거인의 머리를, 벨의 창이 가슴을, 느와르의 검이 무릎을 각각 공격했지만,

"이런 걸 뭐라고 하더라, 병아리 눈물만큼?"

"그게 아니라 계란으로 바위 치기겠지!"

벨과 느와르의 이야기처럼 우리의 공격은 하나도 먹히질 않

는다! …… 상대가 너무 크다.

아무래도 자존심이라는 게 있으니 모기…… 라고는 말 못 하겠지만, 거인에게 우리의 존재는 사람 주변에서 윙윙대는 파리 같은 것.

하지만 저쪽에서는 손바닥으로 살짝 어루만지는 것만으로도 4명을 한데 모아 KO시킬 수 있으니 정말로 군대가 와야 할지도…… 약한 소리를 하고 싶어진다.

좌우로 거인의 공격을 피하면서 기회를 봐 돌격하지만, 모조리 튕겨내는 사이 피로만 쌓여간다. 돌아보니 네 명 다 거친 숨을 내쉬고 있었다.

하지만 여기에서 물러날 수는 없다.

"…… 어쩔 수 없지. 협력하자."

"나도 찬성, 그래서 노리는 건?"

"몬스터의 약점이라고 하면 꼬리 뒤쪽이나 머리잖아!"

"꼬리는 없는 것 같은데요."

"그럼, 머리."

"그렇게 하죠!"

지금까지의 전투에서 유일하게 우리에게 유리한 점은, 공격을 되풀이하는 사이에 어느새 서로의 호흡을 읽어 자연스럽게 연계를 할 수 있게 되었다는 거다.

느와르와는 요 일주일간 거의 말을 나눈 적이 없다. 벨과 블랑은 오늘 처음 만난 사이……. 일 텐데, 어쩐지 그녀들이

다음에 어떤 행동을 할지 조금씩 알 수 있었다.

아니, 그게 아니야.

알 수 있었다기보다는 이 느낌은…….

(기억이 났다, 라고 해야 하나? …… 하지만 뭐가 기억났다는 거지?)

기억을 잃어버리기 전에 나는 이 아이들과 알고 지냈던 건가? 그녀들도 나를 알고 있었나? …… 아니, 아니야.

좀 더 깊은 곳에서 서로 연결된 것 같은, 그런 느낌…….

군이 이야기하자면 전생이라던가, 뭐 그런…….

"넵튠, 지금이야!"

느와르의 목소리가 들려 정신을 차려 보니 눈앞에 거인의 머리가 크게 보인다.

사태를 확인하기 위해 눈을 돌리자 거인의 뒤통수에 희미하게 도려낸 것 같은 자국이 보였다. 이미 세 명이 그곳에 집중 공격을 가한 걸 쉽게 알 수 있다.

노릴 곳은 거기밖에 없다.

"하아아아앗!"

나는 온 힘을 다해 목소리를 쥐어짜며, 굳게 쥔 주먹을 그곳에 내려쳤다!

그 순간 확실한 감촉과 함께 거인의 머리에 부챗살 모양으로 금이 간다.

"해냈어요!"

"한 번 더 공격하자! 물러나 넵튠!"

머리 위에서 벨의 목소리가 들렸다. 그리고 그 뒤에 화려한 폭발음이 이어졌다.

보지 않아도 알 수 있다. 내가 이탈할 시간을 벌기 위해, 거인을 견제하고 있다는 걸.

하지만 나는 그 자리에서 움직이지 않았다.

"뭐 하는 거야 넵튠! 빨리 물러서!"

거기에 겹쳐지는 느와르의 목소리, 하지만 난 움직이지 않았다.

(이거라면……. 될지도 몰라!)

거인의 머리에 난 금을 바라본 순간 내 머릿속에 번뜩이는 게 떠올랐다.

"모두들 부탁이야! 잠깐만 이 녀석의 주의를 끌어 줘! 나한테 생각이 있어!"

나는 소리를 질렀다.

그 순간 아무 말 없이 세 개의 기척이 흩어지는 걸 알 수 있었다. 거인이 좌우로 크게 머리를 흔든다. 누구를 공격해야 하나 고민하고 있는 것 같다.

아까와 같은 느낌이 들었다. 모두들 내 말을 믿고, 순간적으로 행동한 것이 틀림없다. 세 명도 지금의 나와 같은 느낌을 공유하고 있다……. 그것도 확신할 수 있었다.

이 기회를 놓칠 순 없어!

(한 점에 집중해서…… 집중공격……. 같은 곳을, 연속으로……
연속으로!)

나는 부챗살 모양으로 금이 간 가운데에 오른쪽 주먹을 놓았다. 위치가 어긋나지 않도록 왼손으로 오른쪽 손목을 고정한다.

그리고 오른쪽 주먹을 아래위로 조금씩 흔들어 리듬을 만든다.

처음에는 천천히. 다음에는 빨리, 격렬하게!

금이 간 중심을 진동시킨 주먹으로 계속해서 친다.

마치 컨트롤러 버튼을 연타하듯이 친다! 친다! 친다!

"먹어라! 하이퍼 경련치기!"

보통의 인간을 뛰어넘은 변신상태의 경련치기, 그 속도는 '1초에 16연타'정도의 만만한 레벨이 아니라고!

도로공사에서 사용하는 착암기의 진동을 수십 배로 세게한, 온 힘을 다해 반복되는 초진동이다.

"이야아아압!"

나는 여기에 남은 체력 전부를 쏟을 작정으로 그저 한 곳을 찌르고, 찌르고, 또 찔렀다.

내 착각 때문에 단련하게 된 연타기술을 이런 때 쓸 거라고는 생각도 못했지만, 과정보다는 결과가 중요하니까.

드디어 원하던 결과가 눈앞에 보였다.

초진동 연타를 맞은 금이 점점 크고 깊어졌다.

효과가 있는 모양으로, 거인은 몇 번이고 격렬하게 몸을 흔들어 나를 떨어뜨리려 하지만 그렇게는 안 된다. 나는 거인의 머리 위에 엎드려서 계속해서 치고 또 친다!

드디어 한계에 다다른 거인이 힘으로 나를 쳐내려고 팔을 머리위로 휘두른다. 머리 위에 드리운 그림자로 그걸 알게 된 나는

(걸려들었다!)

속으로 득의양양하게 미소짓고는 라스트 스퍼트에 들어갔다. 아슬아슬하게 거인의 손을 빗겨낸 뒤 옆으로 날아 공격을 먹이고 그대로 거인의 정면으로 뛰어내린다.

나를 치려고 하던 거인의 손은 그대로 자기 머리를 정통으로 때렸다. 그리고 그게 녀석의 치명타였다.

내가 공격해 크게 벌려놓은 금에 손이 닿은 순간, 굉음과 함께 금은 한순간에 폭을 넓혀 거인의 전신으로 퍼졌다.

벼락이 땅에 떨어지는 것처럼 아랫쪽으로 무수한 금이 벌어져 지탱할 곳을 잃은 거인의 몸이, 기우뚱, 기울어진다.

"바로 지금이야, 끝내자!"

너럭바위, 라는 말도 있지만, 바위 거인 최대의 무기이자 방어구인 '크기'는 무수히 많은 금이 그어지자 사라졌다.

우리를 압도하는 거대한 탑이 아니라 누름돌 정도로 작아진 바위덩어리에

"알았어! 맡겨 두라고!"

"잘해줬어요, 넵튠!"

"너 혼자 활약하는 건 참을 수 없다고. 잠시 여기서 보고 있어."

느와르의 바람을 가르는 검기가, 벨의 연속 찌르기가, 블랑의 메가톤급 일격이 계속해서 작렬한다. 수백 개의 돌덩이가 자갈로 변할 때까지 채 일 분도 걸리지 않았다.

"이겼다……."

변신을 풀고 운동복 모습으로 돌아간 블랑이 뺨에 흐르는 땀을 닦으며 말했다.

"조금 힘들었지만…… 괴물이 학교를 엉망으로 만들기 전에 쓰러뜨려서 다행이에요."

역시 변신을 푼 벨이 머리를 쓸어 올린다.

"돌파구를 연 게 넵튠이라는 게 납득이 안 가지만."

느와르, 그녀는 아직 변신을 풀지 않았다.

"하지만 아까 그 기술은 굉장했다고. 과연 나와 무승부가 날 정도의 실력은 있었네…… 라고 말해 두지."

"그거, 참 고맙네."

느와르의 여느 때와 같은 말투에 나도 퉁명스레 대답했다. 하지만 그다음에 이어진 말은 여느 때와는 조금 달랐다.

"너, 너랑은 앞으로도 좋은 라이벌이…… 될 것 같아……. 졸업할 때까지 그, 그……. 같이 힘내자."

느와르는 고개를 숙이고 내 눈을 피하며 쭈뼛쭈뼛 손을 내밀었다. 난 나도 모르게 눈을 크게 떴다.

"어머, 웬일이에요? 느와르가 다른 사람을 인정하는 말을 하다니."

"겨우 따뜻해졌는데 내일은 눈이 내리려나."

그걸 본 벨과 블랑이 농담을 하자 느와르의 얼굴색이 변했다.

"시, 시끄러워! 라, 라이벌이라고 해도 쓰러뜨려야 할 상대라는 건 변함없으니까!"

"알고 있어…… 그래도 지금은 됐어, 앞으로도 잘 부탁해."

놀리는 것도 불쌍한 것 같아서 나는 느와르의 손을 잡았다.

'굳은 악수'라고 불러야 하나, 확실히 느와르는 나의 손을 꼭 붙잡았다.

하지만,

"…… 그럼 사고는 다 수습됐고, 레이스 재개!"

바로 그 손을 빼낸 느와르는 그 자리의 따뜻한 분위기를 날려버리는 말을 꺼냈다.

"…… 뭐?"

"당연하잖아. 레이스는 아직 끝나지 않았어……. 아, 그렇지. 참고로 내 버섯은 이미 제출했어."

득의양양한 미소를 지으며 느와르는 나만이 아니라 벨과 블랑에게도 선언했다.

"느…… 느와르 아직 여신화를 풀지 않은 건, 설마……."

질려서 말하는 것도 잊어버린 내 옆에서 벨이 조심스레 물어본다.

"네, 맞아요. 그럼 선배님들, 먼저 실례할게요!"

미소의 잔상을 우리에게 남기고, 느와르는 사라졌다.

"비겁해, 더러운 수법을 쓰다니, 이 자식이!"

"기다려요! 그런 비겁한 작전은 용서할 수 없어요!"

선수를 뺏겼다는 걸 알게 된 벨과 블랑이, 항의했지만 느와르의 모습은 저 멀리, 산 너머로 사라졌다.

"라이벌…… 이라……."

희미하게 느와르의 온기가 남아있는 손을 바라보며, 나는 중얼거렸다.

이래서야, 앞으로도 여러모로 힘들 것 같다…….

이스투아르 기념학원 고등부 2학년. 여신후보
양성과 소속. 온화한 성격과 고귀한 분위기를
풍기는 학원의 인기인.

004

벨

Green Heart

STAGE 4

1

굉장했던 체육대회에서 두 달이 지났다. 전혀 운동한 것 같지 않지만. 나와 컴파에겐 드디어 보통의 학원생활을 만끽할 수 있는 시간이 왔다.

'드디어'라고 말하는 데에는 이유가 있다.

우리는 그 뒤 컴파의 연락을 받은 선생이 요청한 구조 헬리콥터에 탔지만, 그곳에서 기다리고 있는 건 무서운 얼굴을 한 학원의 높으신 분들. 게다가

"몬스터와 조우했을 때의 상황은?"

"왜 바로 그곳을 떠나 교직원에게 보고하지 않았지?"

라던지,

"여신후보라고는 하지만 무단으로 싸운 건 경솔한 행동 어쩌구저쩌구"

같은 귀찮은 이야기를 히스테릭한 아줌마나 기름기가 번들거리는 아저씨에게 들어야 했다.

왜긴, 친구가 위험할 때 도와주는 건 어쩔 수 없고, 그대로 놔두면 학원을 부숴버릴지도 모르잖아. 그래도 괜찮아?

라고, 머릿속에 맴돌던 말을 표현할 수 없어서 답답하던 참에 컴파랑 느와르가 내가 하고 싶은 말을 다 해준 게 그나마 다행이었다.

하지만 정말로 힘들었던 건 그 뒤였다.

이번의 몬스터 소동은 전대미문의 사건인 모양으로, 눈 깜짝할 사이에 신문과 텔레비전에 나오고, 인터넷 게시판에도 글이 오르고……. 게다가 보통이 아니게 점점 커져 계속 시끌시끌했다.

한동안은 텔레비전 리포터나 파파라치가 우리한테 딱 붙어 있었다. 선생들도 우리가 쓸데없는 걸 이야기하면 안 된다고 생각했는지 철저하게 감시, 특히나 나를 엄격하게 맨투맨으로 감시한 것 같다. 이건 절대로 피해망상이 아니라고.

농담이 아니라, 일어나서 잠자리에 들 때까지 전부 감시당해서 나를 포함해 모두들 정신적으로 녹초가 된 상태다. 즐거운 점심시간의 수다도, 방과 후의 티타임도 없어! 밴드 활동도 없어! 뭐, 그런 걸 만든 적도 없지만.

"덕분에 제대로 공부할 수 있어서 다행이었잖아? 너는 제로는커녕 마이너스에서 시작한 거잖아. 너 같은 바보가 중간시험도 기말시험도 낙제 없이 헤쳐나간 건 감시가 붙어서 그런 거라고. 오히려 고마워해라."

두 달이 지나자 겨우 세상의 관심도 사그라들어 감시도 풀린 그날. 지금까지의 울분을 아이짱에게 털어놓자, 돌아온 건 아이짱다운 시원스러운 대답이었다. 장소는 처음 아이짱이랑 만난 그 카페테리아.

우리는 거기에서 컴파와 느와르가 오는 걸 기다렸다.

"아이짱은 그때 없었으니까 그런 소리를 하는 거라고. 아이짱, 갑자기 없어졌잖아. 그 커다란 거인을 눈앞에서 보면 어떻게든 해야 한다고 생각할걸? 나는 잘못한 거 없다고!"

"없어진 게 아니야. 너희를 위해 지도를 가져오려고 했는데 나만 쏙 빼놓고 출발했잖아."

"정말로~? 귀찮아서 땡땡이친 건 아니고?"

"무슨 소리야, 그리고 컴파의 알아들을 수 없는 말을 해독해서 선생한테 헬기를 보내달라고 한 건 나라고? 고마워해야 하는 거 아니야?"

그때와 똑같이, 아이짱은 감자튀김을 먹으면서 입술을 내밀었다.

"알았어. 덕분에 편하게 돌아왔어. 설마 다음날 아침까지 집에 돌아오지 못할 줄은 몰랐지만."

나는 감자튀김 박스에서 감자튀김을 몇 개 뺏어들었다.

"그게 내 탓은 아니잖아!"

처억, 바람을 가르는 소리와 함께 아이짱은 내 푸딩에 숟가락을 꽂았다.

"…… 근데 감자튀김이랑 푸딩은 진짜 안 어울린다."

둘이서 이야기하고 있으려니,

"아, 네푸네푸, 아이짱, 둘이서만 간식 먹는 건 비겁해요."

"넵튠은 여전히 먹성이 좋구나. 점심을 그렇게나 먹고도 잘도 들어가네."

그제서야 기다리던 사람들이 왔다.

컴파와 느와르가 우리 자리에 나타났다.

"오! 컴파랑 비겁한 수법으로 우승을 노렸지만, 레이스가 무
효처리된 눈물의 느와르! 잘 왔어."

"뭐야, 그 기분 나쁜 설명은!"

―퍽.

조금 장난을 친 것뿐인 가련한 나에게 느와르는 출력 80%의
춉을 연발했다.

알게 된 지 두 달 동안 사이가 좋아진 건 기쁘지만, 내 딴지
에 용서가 없는 건 그 부작용인 건가.

"빨리 왔네, 위원회나 조합은 괜찮은 거야?"

아무 일도 없었던 것처럼 흘려버리고 이야기를 진행하는 아
이짱의 슬쩍 넘어가는 솜씨에도, 요 두 달 동안 익숙해졌다.

"응, 어딘가의 바보와는 달리 컴파가 유능해서 도움이 되
니까."

"도움이 되다니……. 저는 그냥 도와주는 것뿐인데요."

"들었지? 아이에프. 이 겸손한 태도. 보라색 머리의 바보 멍
청이도 배웠으면 좋겠다니까."

"어머, 나랑 의견이 맞네. 감자튀김 하나 먹을래?"

그래요. 어차피 전 도움도 안 되고 겸손하지도 않답니다.

흥흥거리며 눈앞에 있는 거대 푸딩을 먹는 데에 전념한다.

분노한 소녀의 어두운 오오라로 접시에 남아있던 푸딩 왕국

을 캐러멜 소스 한 방울까지 남김없이 해치우고는,

"자아, 네프짱 험담은 이제 그만. 모두 모였으니까 슬슬 출발하자."

나는 말했다.

"나는 아직 감자튀김 다 안 먹었어. 그런 제멋대로인 점이 문제라니까. 정말이지, 남의 말 좀 들어라."

"감자튀김은 걸어가면서 먹으면 되잖아. 빨리 가지 않으면 물이 미지근해져."

"네푸네푸, 온천은 밖에 있어도 미지근해지지 않아요. 걱정 말아요."

"…… 아니 그건 농담인데, 그냥 딴죽을 걸어 달라고. 그렇게 설명하면 오히려 우울한데."

온천.

그래, 사실은 지금부터 모두 함께 온천에 가려고 계획을 세웠다.

그것도 자연 속에 있는 천연온천. 설마 그게 학교 안에 있을 줄이야……. 라고 놀랄지도 모르지만, 여기에는 이유가 있다.

학교 내에 온천이 솟아난 건 지금으로부터 두 달 전…… 여기까지 들으면 이유를 알겠어?

그래, 맞아.

내가 필살 초진동 연타로 거인을 물리친 그 장소, 그 뒤로 모두가 적을 너덜너덜하게 두들겨줬잖아?

그땐 아드레날린이 대량으로 방출돼서 몰랐지만, 사실은 넘치는 힘으로 땅까지 뚫어버려서…… 지하에 있던 온천이 솟아나게 된 거야. 이걸 어떻게 처리할지 우리가 모르는 곳에서 여러 가지 이야기가 나왔던 것 같은데 결국은,

"나온 건 어쩔 수 없지, 이왕이면 잘 이용하자고."

이렇게 돼서 학생회를 중심으로 '학원온천 유지관리조합'이 결성되고, 건축학과와 조경학과에 소속된 학생들이 단번에 주변을 정리했다. 이 학교 학생들은 깜짝 놀랄 정도로 활동적이라니까.

"우리 학교는 그게 장점이니까, 시끄러운 마제콘느 학장은 급한 출장으로 자리를 비웠고, 토목학과 입장에서도 중요한 실습 기회라 선생들도 반대는 하지 않았어."

온천의 첫 발견자이기도 하고 선생들과도 친해 반은 억지로 관리조합에 들어간 느와르의 말이다.

솔직히 나는 그런 뒷사정에는 관심 없다.

관심이 있는 건, 건축학과와 조경학과가 협력해서 만든 근사한 노천온천!

이 두 달간의 숨막히는 생활 속에서 드디어 오늘 해방됐어! 말 그대로 해방! 이 기쁨을 표현하기 위해서는 교복을 벗고 맨몸으로 어울리는 수밖에 없다고!

느와르 조합원의 특권과 정치적 교섭으로 오늘 방과 후 특별히, 우리만을 위해 온천을 통째로 빌렸다!

물론 벨과 블랑도 같이. 두 사람은 현지에서 만나기로 돼 있다.

"빨리 가자, 그 두 사람, 알몸으로 기다리고 있을지도 몰라. 감기 걸린다고."

"네프코도 아닌데 그럴 리가 없잖아. 네프코도 아닌데."

"넵튠은 말도 행동도 전부 억지가 심하다니까. 전부 자기 기준으로 생각하지 말라고, 자기 기준으로!"

으으으…… 두, 두 번이나 똑같은 말을…….

중요하니까 두 번 말한 거겠지? 흥, 알았어 알았다구.

그렇게 괴롭히고 싶으면 마음대로 하라고, 아아 나도 참 불쌍하지.

…… 결정했어, 나중에 성희롱해줄 테다!

그러면, 저 무서운 바위 마물이 날뛰던 장소가 어떻게 되었는지 봐 주세요. 건축학과 장인(견습)의 손으로 살풍경하던 산비탈에 천연 바위를 아름답게 배치한 노천온천이 그 모습을 드러냈답니다.

욕탕을 감싸듯 심은 식물들은 조경학과의 장인(예정)이 치밀하게 계산해 시원한 개방감 속에서도 주위의 눈에서 소녀들의 부드러운 살갗을 지켜주는 배려가 가득합니다. 덤으로 푸른 하늘과의 대비도 끝내주네요!

그런 멋진 욕탕에, 느긋하게 몸을 담그는 아리따운 소녀의 모습······.

"후우, 가끔은 정취가 있는 곳에서 느긋하게 몸을 담그는 것
도 좋네요."
—출렁
"그렇네, 거기다가 오늘은 전세 낸 거라고. 푹 쉴 수 있어."
—탱글
"그땐 위험했지만, 이런 포상이 있는 거라면 한 번 더 해 볼
만하겠네요."
—철렁

어머, 이게 무슨 일이람(주로 발육적인 의미로).

그건 말하자면 청소년들의 이룰 수 없는 꿈. 자애에 넘치는
포용력의 구현. 세계를 평화로 인도하는 다정한 가교!

······ 그 외에도 여러 가지 표현이 있겠지만, 한마디로 얘기하
자면 '커다란' 게 지금 내 눈앞에 여섯 개나!

여기까지 읽으면 뭔지는 잘 알겠지?

괜찮아, 괜찮아. 걱정하지 않아도 돼.

이쯤 해서 삽화가 나와야지? 나올 건 제대로 다 나온다고.

그럼, 자아! 두둥!

그것도 일러스트레이터에게 힘들게 부탁한 와이드 화면이
니까!

…… 김이 서리는 건, 미안해!

뭐랄까, 좀 과장 섞인 글도 미안해!

이것만은 내 힘으로도 어려워. 편집장이 밥줄을 건다고 하면 좀 더 해보겠는데, 아무래도 그런 배짱은 없는 모양이야.

그 대신, 이라기엔 뭐하지만 어떻게 해서든 저 부드럽고 출렁거리는 무언가에 복수의 일격을 날릴 테니까.

이렇게 내가 기회를 노리고 있는 반대쪽에선

"저 세 명…… 뭘 먹었길래……."

"크, 크기로 우열을 가리는 건 넌센스라고. 나는 그런 바보 같은 풍조에는 반대야."

수요로서는 틈새시장이라고 할 수 있는 두 사람은 거의 초상집 분위기였다.

그렇게 한동안 커다란 팀도 작은 팀도 제각각 온천을 즐기고 있었지만,

"쉬는데 미안하지만, 이야기하고 싶은 게 있어요. 들어볼래요?"

벨이 갑자기 말을 걸었다.

그때 나는 완전히 기척을 지우고 컴파 뒤쪽으로 다가가고 있었다.

이제 실행! 하려는 순간 목소리가 들려 깜짝 놀라 손을 빼버렸다. 거기다가 발이 미끄러져 머리부터 욕탕에 첨벙! 무슨 개그냐!

"네푸네푸, 중요한 얘기니까 장난은 그만 치세요."

흠뻑 젖은 강아지처럼 몸을 터는 내게 벨은 진지한 목소리로 말했다. 그렇게 말하면 나도 가만히 고개를 끄덕이는 수밖에 없다.

그 목소리에 신경이 쓰였던 건지, 모두 물을 가르고 벨 옆으로 모였다.

"오늘 여기를 전세 내서 다행이네요. 사실 공공연하게 할 얘기는 아니라서요."

"시간만 있으면 게임이랑 애니메이션만 보는 네가 일부러 기숙사에서 여기까지 와서 이야기를 한다면 대단한 거겠지? 뭔데?"

이야기가 길어질 걸 알았는지, 느와르가 온천에서 나와 욕조 한 편에 허리를 걸치고 말했다. 모두 각자 편한 자세로 벨이 이야기하기를 기다렸다.

"블랑과는 이야기를 했지만. 얼마 전의 하이퍼 오리엔팅, 어딘가 이상해요."

벨은 그런 우리 얼굴을 빙 둘러보고는 목소리의 톤을 낮춰 이야기했다.

"그걸 하나하나 말하자면 너무 길어지니 생략⋯⋯. 그 이전에 내가 전부 기억을 못하겠어.

그래서 벨이 이야기하고 아이짱이 알기 쉽게 해설한 걸 더 짧게 요약해서 말하자면.

"그런가! 우리는 위협받고 있다!"

이야기를 들은 쪽은 갑자기 어안이 벙벙했지.

나는 어안이 벙벙한 사람들을 대표해 질문을 했다.

"…… 왜? 누구한테?"

"그걸 알면…… 고생하지 않지. 그 이전에 위협받고 있는지 어쩐지…… 아직 확신이 서지 않아, 어디까지나 가능성이지."

블랑이 욕탕 가장자리에 엎드려 턱을 괴고, 귀여운 엉덩이를 온천 위에 띄우고는 탐정드라마처럼 말했다.

"확실한 건 두 가지……. 하나는 '버섯을 열 개 모아라'라는 체크포인트는 다섯 명의 지도에만 실려 있었어……. 두 번째는 그 바위 몬스터, 그건 누군가가 거기에 숨겨둔 거야."

"즈, 증거는 있어? 증거는!?"

분위기를 타고 살인자 같은 대사를 해본다.

블랑은 손으로 물을 떠서 내 얼굴에 뿌리면서.

"지도는 신경이 쓰여서 기숙사 애들한테 물어봤어. 몬스터는 싸우는 동안 알게 됐고. 무엇보다 그런 야생 몬스터가 학교 안에 있는데 아무도 눈치채지 못한 건 이상해."

슬슬, 명탐정 분위기로 말한다.

"블랑은 누군가가 의도적으로 우리를 그 장소에 모이게 한 거라고 생각하고 있어. 그리고 우리 지도에만 실린 버섯 따기 퀘스트를 효과적으로 끝내기 위해서는 그 바위밭에 가야만 하고……."

"어슬렁어슬렁 바위밭에서 버섯을 찾고 있으면, 그 괴물 바위가 공격하도록……. 과연, 그럴지도 모르겠네."

느긋하게 어깨까지 몸을 담그고, 벨과 느와르가 말했다.

조용히 파도치는 온천 속에서 천천히 흔들리는 가슴의 섬은 블랑의 엉덩이보다도 크다.

나는 신경쓰지 않는 척하며 블랑이 몇 번이나 크기를 확인하는 걸 눈치챘지만, 가만히 놔두기로 했다.

"아, 아직 확실한 건 아니잖아요. 위협받고 있다니……. 여기는 보통의 학교라고요? 그런 무서운 일을……."

다가오는 건 또 하나의……. 아니 두 개의 커다란 떠다니는 섬.

블랑은 쓸쓸한 눈으로 시선을 돌렸다……. 뭐, 마음은 이해하겠지만. 나도 보통은 이런걸(납작납작).

"…… 확실히, 그럴듯한 이야기지만, 하나만 물어봐도 돼? 블랑?"

절벽진영의 아이짱이 블랑에게 이야기했다.

여자들만 있어서 방심한 걸까, 아니면 원래 그런 성격인 걸까. 욕조 바깥의 차가운 돌바닥에 책상다리로 앉아 있다.

"왜 지도가 신경이 쓰인 거야? 아무런 근거도 없는데. 갑자기 '내 지도만 이상해!'라고 생각하지는 않잖아?"

"하이퍼 오리엔팅의 지도는 매년…… 여러 종류가 만들어져. 작년에는 나도 벨도, 느와르도 모두 다른 지도였어. 그게 올해에는 셋도 아닌 다섯 명이 같은 지도. 그리고 그 중 네 명은 여신화를 할 수 있는 여신 양성과의 학생이고……."

"우연이라고 하기엔 너무 척척 들어맞는다는 거야?"

아이짱이 확인하듯 물어보자 벨은 가만히 있었다.

어째선지 아이짱도 팔짱을 끼고 두세 번 음음 고개를 끄덕이더니,

"흥미로운 이야기지만……. 너무 생각이 지나친 거 아니야?"

라고 기세 좋게 일어나며 말하고는, 그대로 우리에게 등을 돌린다.

"어라? 아이짱은 이제 그만하는 거야?"

내가 물어보니,

"이 온천, 나한텐 너무 뜨거워. 밖에서 차가운 거라도 마시고 기다릴 테니까 너희는 천천히 나와"

아이짱은 그렇게 말하고는 재빨리 탈의실로 돌아갔다.

가만히 그걸 바라보는 느와르 일행. 물론 어깨까지 물에 잠긴 채로.

"뜨거…… 운가? 컴파는 어때?"

"오히려 미지근한 것 같은데……. 벨은요?"

"저도 딱 좋아요. 온도도 그렇지만 무엇보다 물의 부력으로 가슴이 가벼워져서……. 컴파랑 느와르도 언제나 힘들지 않나요?"

"아, 알 것 같아요. 어깨가 결리잖아요."

그런가…… 그런 거였나…….

아이짱, 너의 원통함은 이 넵튠이 이어받았다! 이렇게 된 이상, 아이짱과 블랑의 몫까지 녀석들에게 한 방 먹여주겠어!

"지금 때는 왔도다! 여섯 개의 부유대륙을 정복한다!"

차별에 한탄하며, 무자비한 차별사회에 눈물을 삼킨 동지들의 마음을 가슴에 새기며 나는 욕탕의 하늘을 날았다.

Ⅱ

"야호 느와르, 오늘은 누구랑 만났어? 후드를 쓴 암살자라던가."

"아쉽지만 못 만났어. 넵튠은 어때?"

"한 시간 전의 수학시험은 어느 의미로는 암살자였지, 확실히."

온천에서 벨이 위험한 이야기를 하고는,

"모두들 주의해 주세요. 무슨 일이 있으면 서로 연락하고요."

마지막에 선배답게 정리해준 뒤로 며칠이 지났다.

우리를 노리고 있을지도 모르는 누군가를 경계하는 나날이 계속되었는지, 아닌지.

매스컴과 선생에게 감시당하는 나날이 끝나나 했더니 이제는 보이지 않는 적이 있을지도 모른다니. 학교는 내가 상상한 것보다도 무서운 곳이었구나.

여신후보 양성과의 수업이 끝나 교실로 돌아오는 도중, 느와르에게 불평을 늘어놓았다.

"그렇구나, 넵튠한테는 첫 학교생활이니까. 그게 갑자기 이런 알 수도 없는 사건부터 시작되는 건 조금 불쌍한데."

"느와르가 이상한 경기에 나를 끌어들이지 않았으면 이렇게 되지는 않았을 텐데……."

"……."

"아! 거짓말이야! 농담이라고! 나 전혀 신경 안 써."

그때까지 등을 곧게 펴고 걷고 있던 느와르가 갑자기 맥없이 어깨를 고양이처럼 늘어뜨리는 걸 보고, 나는 당황해 위로했다.

느와르는 의외로 순진하달까, 상처를 잘 받는구나.

"느와르가 잘못한 건 아니야, 오히려 거기서 일치단결해서 몬스터를 물리쳐서 벨이랑 블랑이랑도 사이좋게 지내게 됐고, 나쁜 일만 있었던 건 아니야."

허둥지둥하며 한번에 우울의 구렁텅이에 떨어질 것 같은 느와르를 끌어올리자

"고마워, 그렇게 말해준 건 기쁘지만 역시 책임감은 느끼고 있어. 만약에 벨이나 블랑이 말한 것처럼 누군가 우리에게 해를 끼치려 했다면 내 손으로 꼭 범인을 잡을 거야."

겨우 구렁텅이에서 올라온 느와르는 맹세의 의미로 주먹을 쥐고 복도 천장을 올려보았다.

"범인이라……. 느와르는 짐작 가는 데가 있어?"

"이 녀석이다! 라는 확증은 없지만 학교 관계자가 수상쩍어."

"학교 관계자라니, 설마 선생?"

이건 또 굉장한 가설인데.

나도 모르게 괴상한 소리를 질러 버렸다.

"목소리가 너무 커! 누가 들으면 어쩌려고!"

"하지만 아무래도 그건 아니지 않아? 선생들도 친절하잖아? 시험을 볼 때는 귀신 같지만."

"학교 관계자라고 해도 이 정도로 커다란 학원이면 선생 외에도 사람들이 있다고. 그것도 몇백 명이나 되니까. 그중에서 나쁜 생각을 품은 사람이 섞였을 수도 있잖아?"

"아무리 그래도……. 그런데 전에도 물어봤지만 그럼 이유는 뭐야."

"그렇지……. 생각할 수 있는 건 학원의 평판을 떨어뜨리거

나……. 더 나아가 학원을 망하게 한다?"

느와르는 턱을 괴고 고민하며 말했다.

"…… 생각해 보면 이미 불상사로 텔레비전이나 신문에도 나왔으니, 그런 의미에서는 이미 목적을 달성한 건지도 모르지. 우리에게 직접 해를 가하는 게 목적은 아니었을지도 몰라."

"그러면 우리는 안심해도 되겠네. 앞으로의 일은 학교 사람들이 생각해야 할 일이라고. 느와르가 범인을 찾지 않아도 돼"

"넵튠은 태평하다니까. 누가 그런 일을 꾸몄는지 신경 쓰이지 않아?"

"내가 지금 신경 쓰이는 건 저쪽일려나"

나는 그렇게 말하고는 반대편에서 걸어오는 남학생 두 명을 가리켰다.

둘이 같이 나르고 있는 합판으로 만든 간판 비슷한 것에는 '학원제 이벤트(전기분) 신청 접수'라고 매직으로 씌어 있었다. 내가 신경 쓰고 있는 건 저거다.

"학원제…… 이벤트……."

즐거운 분위기를 풍기는 그 단어를 입안에서 되풀이한다.

힘겹게 걷는 두 사람과 스쳐 지나갈 때에도 가만히 간판을 눈으로 쫓는다.

"학원제 라고 하니, 축제? 저기, 학원제에는 뭘 해?"

"우리 학원은 학원제가 두 번, 전기 축제와 후기 축제가 있는데, 전기 축제는 네가 상상한 대로야. 노점도 있고, 여러 가지 쇼나 이벤트를 많이 하지."

내가 눈을 반짝거리며 물어보자, 느와르는, 살짝 어깨를 움츠리며 대답해 주었다.

"게임대회 같은 것도 해?"

"누군가가 기획하면 할지도 몰라……. 학원제는 이벤트도 노점도 전부 학생들이 기획해서 운영하거든. 전기 축제 때에는 학생들이 그룹을 짜서 좋아하는 이벤트를 기획하는 시스템이니까, 매년 학원이 굉장해져."

"…… 할래!"

"주어생략은 봐줄 테니까, 목적어 정도는 넣어 주라고……. 아, 타이밍이 어긋났네. 전기 축제 이야기를 할 때가 아닌데."

느와르가 트윈테일의 끝을 손가락으로 어루만지며 말했다.

그러면서 내 얼굴을 몇 번인가 흘끔흘끔 쳐다본다.

"뭐야, 또 범인 찾기? 그런 이야기는 내가 아니라 아이짱한테 하라고, 아이짱한테."

"…… 내가 뭘 어쨌길래?"

"음, 그러니까 느와르가 아까 바위몬스터 사건의 범인을 찾고 싶다고 해서, 그런 진지한 이야기는 아이짱한테 하라고 했는데…… 으아아! 아이짱, 어느 틈에!"

"…… 전통고전예능 같은 반응이네. 덕분에 무슨 얘긴지는 이해했어."

뭐가 고전예능이라는 거야.

그리고 원래 이런 건 한 묶음이라고, 한 묶음.

소리도, 기척도 없이 등 뒤에서 다가와 말을 걸고, 놀란다. 그리고 셀프 딴지……. 여기까지 해야 양식미가 완성되는 예능이라 아이짱이 그런 행동을 안 했으면 나도 그런 반응은 안 했을 거라구.

"그러니까 아이짱이 공범!"

"혼자서 멋대로 결론을 내린 뒤에 의기양양한 표정 짓지 말라고! 무슨 뜻인지도 모르겠어! 이야기가 복잡해지잖아!"

아이짱은 날카롭게 반격해 내 마음에 딴지의 흔적을 남긴 뒤 느와르를 돌아봤다.

"…… 그래서 나한테 부탁할 거라도 있어? 반 친구니까, 점심 한 번 사면 웬만한 건 들어줄게."

"아, 아아. 고마워……. 생각해볼게."

하지만 느와르는 갑자기 목소리가 작아지며 태도도 모호해진다. 나보다는 이야기가 통하는(이라고 내 입으로 말하기도 한심하지만) 아이짱이 좋은 타이밍에 와 줬는데 말이지.

"그런데 아이에프는 여기 왜 왔어?"

지금 그걸 왜 물어보는데? 라고 자문하고 싶을 정도로 얼빠진 질문을 한다.

아이짱도 맥빠진 듯한 얼굴로,

"교실로 돌아가려고 하는데 너희가 뭔가 이야기를 하고 있길래 놀라게 해 주려고 한 거지."

그 애매한 분위기에서 겸연쩍게 뺨을 긁적이며 말했다.

그와 동시에 쉬는 시간이 끝났다고 알리는 종이 복도에 울려 퍼진다.

"…… 뭔가 얘기 중이었던 것 같은데, 나중에 해야겠네."

아아……. 느와르가 어물쩍거리니까…….

"그럼 방과 후는 어때? 린박스 기숙사에 있는 벨네 방에서 모이자. 요즘 자주 가는데, 벨의 방은 재미있거든. 아이짱은 아직 가본 적 없지?"

나는 아이짱에게 제안해 본다. 하지만

"아, 미안. 방과 후에 볼일이 있거든. 다음번에 괜찮을까?"

아이짱의 대답은 쌀쌀맞다.

"그, 그래……. 그럼 어쩔 수 없네."

느와르는 어딘지 모르게 안도한 표정이었다.

묘하게 그 태도가 신경이 쓰인다. 신경 쓰이지만…….

"그보다 둘 다 서두르라고, 종이 울렸잖아."

여느 때의 우등생 얼굴로 돌아간 느와르가 등을 밀어, 결국 이유를 물어보지는 못했다.

III

붉은 유도미사일 등껍질이 쫓아오는 소리가 들린다.

나는 타이밍을 계산해 숨겨놨던 바나나 껍질을 떨어뜨려 등껍질을 상쇄! 덤으로 코스 위의 아이템 박스를 송두리째 빼앗는다!

"아! 잠깐, 뭐 하는 거야!"

옆에서 들려오는 분노의 목소리는 콧노래로 가볍게 흘려버리고, 그대로 골인!

"이걸로 내가 5연승! …… 어떻게 된 거야 느와르? 우등생이라도 게임은 서투른가?"

"짜증나네! 게임이 안 좋은 거라고, 게임이! 이번엔 이쪽 격투게임으로 승부야!"

"그렇게 말하지만 괜찮을까? 나 이 게임 완벽하게 공략했다고. 이 근방에서는 꽤 유명하거든."

"근방은 무슨, 네가 살았던 시골 마을이랑 여기는 다르다고! 됐으니까 잠자코 승부!"

"네네~"

그건 그렇고 이 방, 척 둘러봐도 굉장한 광경이다.

느와르가 소프트를 갈아 끼우는 사이에 흘끔 둘러본 것만으로도 벽 전체를 사용한 책장에는 게임 소프트, 애니메이션 DVD에 만화책들이 한 눈에 들어온다!

천정까지 뻗어 있는 책장은 장르별로 깨끗이 정리 정돈된 아이템으로 채워져 있어, 학생 기숙사의 방이라고는 생각할 수 없을 정도다.

우선 방의 크기부터 장난이 아니고.

이 정도의 게임과 애니메이션이 있는데 공간에 여유가 있다니, 이건 완전히 귀족의 방이잖아.

그리고 말해두자면, 텔레비전이 커!

"미안해요. 한꺼번에 찾아와서, 폐를 끼치는 게 아닌지……."

"신경 쓰지 않아도 돼요. 저 혼자 있기에는 방이 너무 넓은걸요. 언제나 마음대로 모여도 돼요."

이 넓~은 방의 저편에는 방의 주인인 벨과 손님대표(?)인 컴파가 환담 중이다.

"고맙습니다……. 하지만 넓은 방이네요. 왜 벨네 방만 이렇게 넓은가요?"

"후후후. 보시는 것처럼 이것저것 많이 가지고 있죠? 조금 연줄을 동원했거든요."

"조금…… 인가요."

"네, 하지만 자세한 건 비밀이에요. 금칙사항이랄까요."

음, 슬쩍 들려오는 이야기만으로도 벨이 얼마나 부르주아인지는 알 것 같다.

지금쯤 컴파는 깜짝 놀란 얼굴로 눈을 똥그랗게 뜨고 있겠지.

이런저런 생각을 하는 사이에 나는 벌써 느와르 상대로 2연

승

"으, 으으으······. 인터넷에 이 권법가 형제는 강하다고 했는데. 카리스마 프로게이머도 이겼다고······."

"우후후. 캐릭터 성능에 의존하다니, 아직 멀었네 느와르."

"한 번 더! 다음에야말로 복수다!"

"그건 좋은데, 좀 쉴래? 벨이 간식을 준비해 줬으니 먹고 하자."

"······ 이기고 도망가는 건 용서할 수 없어!"

"정말로 지는 걸 싫어한다니까~. 뭐 그게 귀엽지만."

언제라도 상대해 준다고 느와르의 트윈테일을 붙잡고 놀리자. 느와르는 진심으로 살의가 담긴 시선으로 노려봤다. 으와, 무서워.

이 자리에서 변신해서 공격할지도 모를 것 같아. 재빨리 튀었다.

"······ 겨우 조용해졌네."

커다란 소파에 앉아 책을 보고 있던 블랑이 고개를 들어 우리를 바라본다.

"미안해······. 아, 다음에는 블랑도 같이 할래?"

내가 미안하다고 하자,

"모두가 할 수 있는 파티게임이라면 할게."

책에 눈을 돌리고는 말한다.

"아, 격투게임 같은 건 못해?"

"1대1로 이겨도 재미없어⋯⋯. 파티게임이라면 모두 모아서 부숴버리는 재미가 있으니까."

블랑이 아주 살짝 미소 짓는 것 같았다. 웅, 게임을 즐기는 방법은 모두 제각각⋯⋯ 인가.

그 이상 말을 걸면 알고 싶지 않은 일면을 알게 될 것 같아 슬그머니 피하고는 벨과 컴파가 있는 테이블에 앉는다.

먼저 벨이 끓여준 차를 한 입 마시고.

"⋯⋯ 설탕 더 넣어도 돼?"

"물론이지."

나한텐 어른의 맛인 차를 취향의 단맛으로 조정하고는 한 숨 돌린다.

"슈퍼콤보 선택이 잘못됐나⋯⋯."

보이지 않는 컨트롤러를 조작하며 고개를 갸웃거리던 느와르도 겨우 앉았다.

"블랑도 와서 차 마셔요. 케이크도 있어요."

"⋯⋯ 지금 갈게, 몽블랑 예약."

조용하게 독서 타임을 즐기던 블랑도 컴파의 '케이크'라는 말에 자리에 앉았다. 여자아이에게 '달콤한 것'은 가드 불능 필살기같은 거야.

'효과발군!'이랄까?

이렇게 다섯 명이 모이자, 벨이 테이블 위에 있는 작은 종을 울렸다.

그러자 출입문(이것도 크다)이 무거운 소리와 함께 열리더니 나비넥타이에 검은 조끼를 입은, 아무리 봐도 충실한 시종으로 보이는 남자가 케이크가 담긴 쟁반을 들고 들어왔다.

"오래 기다리셨습니다. 벨 아가씨."

"언제나 고마워."

공손하다…… 라고 하는 건가? 남자는 예의바른 태도로 인사를 하고는 마치 춤을 추는 것처럼 우아한 동작으로 케이크 접시를 하나하나 테이블 위에 놓았다.

"지금 저희가 정말 학교 기숙사에 있는 건지, 자신이 없네요."

"나도 그래……."

나와 컴파는 다시 고개 숙여 인사를 하고 사라지는 남자를 아연히 바라봤다. 그걸 무시하고

"몽블랑이랑…… 메론슈도."

"그럼 나는 가토 쇼콜라."

이미 익숙한 듯한 블랑과 느와르는 각자 자신의 몫을 확보하는 게 중요한 것 같다.

이거 어물어물 있다가는 안 되겠는걸. 정신을 차린 나는 급하게 내 몫을 챙긴다.

다행히도 각자 취향이 다른 모양인지 내가 노리던 딸기 쇼트케이크와 레어 치즈 케이크를 확보하는 데 성공했다.

각자 케이크를 어느 정도 먹자 어느새 그곳을 지배하고 있

던 긴장감이 누그러진다. 아무리 친구 사이라고 해도 케이크 쟁탈전에는 자비가 없다.

그 뒤엔 부드럽게 우아한 오후의 한때를 즐기며 이야기꽃을 피웠는데,

"정말 아깝네. 이런 맛있는 케이크를 놓치다니, 아이짱도 운이 없다니까."

내가 무심코 던진 한마디에, 화제가 생각지도 않았던 방향으로 전개됐다.

"아이에프……. 사실은 궁금한 게 있어, 본인이 없을 때 이런 이야기를 하는 건 좀 그렇지만."

말을 꺼낸 건 느와르였다.

"아이짱이 왜?"

"확실하지는 않지만 그 아이, 뭔가 알고 있지 않을까 해서."

"뭐라니…… 뭔가요?"

잇따라 컴파가 질문했다.

느와르는 포크를 접시에 놓고는 진지한 얼굴로 그 자리에 있는 모두를 하나하나 바라보며 말했다.

"그거야, 그 사건에 대해서지."

그 사건, 이라고 하면 생각나는 건 하나밖에 없다.

"누군가가 우리를 노리는 게 아닌가…… 라는 이야기 말이죠? 하지만 그 뒤엔 아무 일도 없어서 착각이 아닌가 했는데요."

벨은 가볍게 차를 입에 대며 말했다. 컵을 내려놓는 소리가 묘하게 크게 방 안에 울린다.

"벨이 그 이야기를 한 뒤엔 아이에프 혼자 있을 때가 많단 말이야. 오늘도 그렇지만 방과 후 우리가 모일 때에도 그 아이만 뭔가 일이 있고…… 자주 그런단 말이지."

"우연…… 은 아닐까요?"

"하지만 아이에프는 따로 위원회나 부활동은 하지 않는다고. 매일 그렇게 바쁠 것 같지는 않은데……. 실제로 지금까지 귀찮네 뭐네 하면서도 넵튠 일행이랑 어울려 줬잖아."

그렇지, 라고 나는 생각했다.

아까 아이짱과 복도에서 만났을 때 느와르가 갑자기 어색한 태도를 보인 건 그게 신경 쓰여서인가.

확실히 그 얘기를 듣고 나서 생각해 보면 요샌 아이짱과 함께 논 기억이 없는 것 같다.

어느 샌가 없어지는 경우가 많고, 아직 벨네 방에 아이짱을 데리고 온 적도 없다.

그래서 좋은 기회라고 생각하고 오늘 초대한 건데.

"비약이 심하다고 생각해도 괜찮아. 하지만 한 번 신경이 쓰이는 건 어쩔 수 없어."

느와르는 포크를 손에 쥐고는 케이크를 쿡 찔렀다. 하지만 바로 먹지는 않고 주변의 초콜릿과 무스를 섞으면서 말한다.

"그렇다면…… 조사해봐야……."

느와르에게 말을 꺼낸 건 혼자 깨끗하게 케이크를 다 먹은 블랑이다.

"요새 아이에프가 방과 후에 뭘 하고 있는지 신경이 쓰인다……. 그러니까 아이에프가 누군가 사건의 관계자와 내통하고 있는 게 아닌지 의심스럽다……. 그거 아니야?"

"그, 그렇게까지 말하지 마. 그래도 치…… 친구…… 잖아."

"나도 그렇게 생각해……."

두 사람은 가만히 서로를 바라본다.

알기 쉽게 얼굴색이 변한 느와르와는 달리, 블랑은 눈썹 하나 움직이지 않는다. 하지만 먼저 시선을 돌린 건 블랑이었다.

나는 그 모습을 바라보고는 마지막까지 아껴뒀던 딸기를 먹은 뒤 말했다.

"그럼, 미행하는 수밖에 없겠네!"

느와르와 블랑이 "뭐?"라고 놀란 듯이 나를 바라본다

"아, 오해는 하지 마. 나는 그다지 아이짱이…… 적? 이라곤 생각하지 않아. 누군지는 모르겠지만, 적이랑 내통한다고도 생각하지 않고. 느와르도 블랑도 사실은 그렇잖아?"

"그런다면 미행을 해도 아무 의미 없지 않나요?"

벨은 내 말에 머뭇거리는 두 사람을 슬쩍 보고는 말을 꺼냈다.

"하지만 신경 쓰이는 걸 이대로 놔둘 수는 없잖아."

"그건…… 그렇지만……."

내 생각으로는 한정 판매하는 맛있는 걸 사러 가는 것 정도가 아닐까, 아니면 좋아하는 남자애랑 만난다든가!

그런 거라면 우리에게 비밀로 하는 것도 괘씸하니까 제대로 화를 내야겠지만.

"넵튠이 하는 말이 맞을지도 모르겠네요."

느와르가 섞인 크림을 포크 등으로 집어 입으로 가져간다.

"아무 일도 없다면 다행이고, 나중에 사과하면 돼⋯⋯. 고마워 넵튠. 네 덕에 결심했어."

"나도 컴파랑 둘이 남겨졌을 때, 느와르를 의심했지만 사실 우리를 위해서 도움을 요청하러 간 거였잖아? 아이짱도 분명히⋯⋯."

"그래, 분명 그럴 거야."

내가 말을 끝내기도 전에 느와르는 고개를 끄덕였다. 벨도, 컴파도, 블랑도, 그리고⋯⋯ 나도.

"게임, 계속할까?"

나는 말했다.

IV

미안해, 요즘은 조금 바쁘거든. 무슨 이야기인지는 알았으니까 그쪽에서 알아서 해. 정해지면 나도 도와줄게.

STAGE 4 177

아이짱은 그날도 그렇게 말하고는 재빨리 돌아갈 준비를 마치고 교실을 나갔다.

"전기 축제에서 가게를 내려고 하거든. 어떤 가게로 할지 오늘 모두 모여 회의하지 않을래?"

내가 생각한 오늘의 권유는 이거였지만 멋지게 침몰.

머리카락을 휘날리며 달려가 버리는 아이짱의 등을 바라보았다.

"…… 일단은 예정대로군."

나는 사전에 벨에게 빌린 무전기를 꺼내 스위치를 넣었다.

"여기는 넵튠. 대령, 들리는가."

마이크 부분을 손으로 감싸고 최대한 낮은 목소리로 말한다.

"아―아― 하나 둘 하나 둘……. 감도는 양호하네요. 하지만 저는 CTU라고 불러줬으면 했는데요."

벨의 목소리가 들려왔다.

"아, 여기도 잘 들려. 대통령…… 이 아니라, 목표는 교실을 나가 계단 방향으로 가고 있다. 오버."

"알겠어요. 그럼 작전개시예요."

"A팀, 알았다!"

통신을 끝내자 옆에 서 있던 컴파가 "후우"하고 크게 숨을 내쉬며 말했다.

"내키지 않네요. 아이짱을 미행하다니……."

"지금 와서 무슨 소리야, 아무것도 아니면 엎드려 싹싹 빌면 되니까 도와달라고……. 그럼 가자."

"우우……. 그런데 네푸네푸 정말로 미안하다고 생각하는 거에요? 어쩐지 묘하게 들떠 보이는데요?"

"무슨 소리야, 내 가슴은 양심의 가책과 죄책감으로 찢어질 것만 같다고. 그럼 행동개시!"

"아무리 봐도 거짓말인걸요. 100% 즐기고 있는데……."

꾸물꾸물 투덜거리는 컴파의 손을 잡고 아이짱을 찾으니 마침 복도 끝에 있는 계단을 내려가려 하고 있었다.

살금살금, 우리는 가능한 한 기척을 죽이며 뒤를 쫓는다.

방과 후의 학교는 얼마 남지 않은 전기 축제 준비로 떠들썩 했다.

가장 흔한 것은 교실을 깜깜하게 해 귀신의 집으로 개조하 거나 고리 던지기 또는 사격 같은 게임장을 만드는 정도……. 드물게는 조리학과의 아이들 중심으로 본격적인 레스토랑을 만들기도 한다. 축제날에 꼭 먹어봐야지.

어느 곳이든 웅성웅성 즐거워 보인다.

우리 처지에선 어딜 봐도 사람들이 가득한 덕에 아이짱한 테 들키지 않고 미행하기엔 좋았다.

반대로 멍하니 있다가는 놓쳐버릴지도 모르기 때문에, 그 대책으로 인원을 두 팀으로 나눠 앞뒤로 아이짱을 감싸는 것처럼 미행하기로 했다.

나와 컴파 A팀은 뒤에서, 먼저 교실을 나간 느와르와 블랑의 B팀은 앞에서.

벨은 '이동사령부'로 언제나 A팀과 B팀의 중간에서 각 팀에게 이동 포인트를 지시하기로 했다.

"잠깐, 요즘 유행하는 온라인 게임은 이렇게 여러 파티가 협력해서 목표 몬스터를 추적한다고. 나 이래봬도 몇 번이나 연계 플레이 지휘를 맡은 적이 있어."

이번 작전을 세운 벨의 말에 우리도 그 경험에 따르기로 했다.

"여기는 B팀……. 타겟은 출입구를 나와 교직원동으로 이동하고 있다……."

미행을 시작한 지 5분 뒤, 무전기에서 블랑의 목소리가 들렸다.

교직원동은 말 그대로 여러 학과의 선생이 일하는, 말하자면 큼지막한 교무실 같은 곳이다.

"…… 교직원동인가요."

무전기에서 소리가 들렸는지 컴파가 소근소근 말했다. 그 목소리에는 불안이 섞여 있다.

사건의 흑막은 학교 관계자일지도 모른다는 느와르의 추리를 컴파도 들은 것 같았다.

"뭐, 아직은 모르잖아, 사실은 선생들 야식으로 스페셜 라면이 나와서일 수도 있고."

"아이짱은 네푸네푸랑은 달라서 먹보가 아니라고요."

"나쁜 쪽으로 생각해 봤자 좋은 일은 없어, 일단 우리도 밖으로 나가자."

몸을 숨기고 있던 신발장을 지나 교사 밖으로 나간다.

출입구 앞에는 십자 모양으로 길이 뻗어 있어 곧바로 가면 교문, 오른쪽으로 꺾으면 여러 특별활동부 부실이 있는 부실동, 왼쪽으로 꺾으면 교직원동으로 향하게 된다.

이 십자로는 전기 축제에서 노점들을 여는 곳으로 쓰이는지 많은 학생이 바쁘게 움직이고 있었다.

나와 컴파는 그 인파에 섞어 아이짱을 쫓고 있었다.

아이짱은 주변을 신경 쓰지 않고 보통 걸음으로 걸어간다.

그리고 그대로 교직원실의 문을 여는가 했더니 몸을 돌려 왼쪽으로 꺾는다.

앗! 나는 재빨리 무전기를 꺼낸다.

"여기는 A팀, 아이짱은 교직원동에는 들어가지 않고 방향 전환."

"다시 한번 왼쪽으로 틀었네요……. 저기는 청소도구를 처리하는 창고나…… 잡동사니들이 복잡하게 쌓여 있을 텐데."

"이 뒤쪽은 숲이야……. 남의 눈을 피하기에는 딱이지."

곧바로 무전기 너머로 대답이 돌아왔다.

어두운 창고 뒤……. 인기척이 없는 숲……. 상황이 딱 들어맞아, 우리는 꿀꺽, 하고 마른침을 삼켰다. 이건 완전히 복선인데.

밀회……. 뒷거래……. 은폐공작……. 동시에 연상게임처럼 머릿속에 수상쩍은 말들이 맴돌았다.

"어어어, 어떻게 하지~. 컴파아~. 나 엎드려서 사죄하면 될 줄 알았는데!"

"나쁜 쪽으로 생각하면 안 된다고 한 건 네푸네푸예요. 진정하세요. 응, 심호흡을 크게 해봐요."

그, 그렇지. 내가 말한 거였지.

컴파가 말한 대로 심호흡을 하고 무전기에 손을 댄다. 괜찮아. 아직 당황할 때는 아니야.

"A팀, 미행을 계속한다. 오버."

"B팀……. 알겠다."

거기에 이 '프로 놀이'같은 행동이 의외로 마음을 진정시키는 효과가 있는 것 같다. 나와 컴파는 행동도 '프로답게' 확실히 아이짱의 뒤를 밟았다.

도중에 지나가는 사람들 몇 명인가가 이상한 눈으로 바라봤지만 그건 아마 기분 탓이겠지.

그리고 다시 아이짱이 움직였다.

느와르가 말한 대로 창고 구석에 들어간 아이짱은 거기서 처음으로 좌우를 경계하는 것처럼 살핀 뒤 우리가 가지고 있는 것과 비슷한 무전기를 귀에 갖다 댄다.

누구와 무슨 이야기를 하는 걸까……. 불안한 우리의 심경은 아랑곳없이 아이짱은 계속 통신을 한다. 그리고 한참 뒤.

"네푸네푸, 저기……."

근처에 들릴 듯 말 듯 소리를 죽인 컴파가 내 어깨를 두드린다.

컴파가 무슨 얘기를 하고 싶었는지는 금세 알 수 있었다. 아이짱이 연락을 끝내자마자 창고 뒷쪽 숲에서 남자 두 명이 모습을 나타냈다!

둘 다 깍두기 머리에 키가 크다. 비슷한 선글라스를 끼고 검은 양복에 검은 넥타이.

그 모습을 보는 순간, 왠지 모르게 "술렁~~ 술렁~~"이라는 효과음이 들리는…… 것 같았다.

"B팀은 저 사람들 보여?"

"네, 뭔가 있어 보이는 사람들이 튀어나왔는데요."

"응, 저 높은 코…… 뾰족한 턱……. 저건 분명 악덕 금융회사의 똘마니!!"

"그…… 금융회사!? 정말로?"

그래, 이제 알겠어.

내 머릿속에 모든 조각이 딱 맞춰졌다.

"사실 아이짱은 어쩔 수 없는 사정이 생겨 엄청난 빚을 진 탓에 요즘 계속 시달려 왔던 거야……. 하지만 이제 더는 어떻게 할 도리가 없게 된 거로구나! 그래서 이런 무모한 도박을!"

"…… 넵튠?"

"이대로라면 지하에 있는 강제노역장에 끌려가 미래가 없는 육체노동. 그럴 거라면 한 가닥 희망을 걸고……."

내가 중얼거리는 사이에 검은 옷이 아이짱에게 다가왔다.

검은 옷의 사람들은 아이짱 옆에 좌우로 서서 도망가지 못하게 하고 있었다. 이대로라면 '확보'된 아이짱은…….

안돼, 안돼 아이짱! 그건 지옥으로 가는 편도티켓이라고!

"사령부! 돌입 허가를 요청한다!"

무전기 저편을 향해 외친다.

"자, 잠깐만 기다려 네푸네푸. 조금만 더 상황을 보고……."

에잇! 상부는 현장에 대해 아무것도 몰라! 이런 한가한 이야기만 하다니!

"이 돈의 망령들! 아이짱을 건드리지 말라고!"

나는 필요없게 된 무전기를 내던지고 검은 옷을 입은 이인조에게 돌진한다.

내가 갑자기 나타나 놀란 이인조는 멍하니 서 있다. 그걸 놓칠 넵튠이 아니지!

"에에잇!"

온몸의 탄성을 이용해 지면을 박차고 올라 오른쪽의 남자를 향해 전력으로 드롭킥을 먹였다!

"으아악!"

남자가 가슴에 킥을 맞고 한심한 비명과 함께 날아갔다.

킥의 반동을 이용해 뒤로 한 바퀴 빙글 돌고 아이짱을 감싸듯 착지해 외친다.

"아이짱 도망쳐! 이런 녀석들의 감언이설에 넘어가면 안 된다고! 인생 한 방을 노리는 희망의 배 같은 건 환상이라고!?"

"네, 네프코?

"괜찮아, 걱정하지 마. 곧 응원군이 오니까!"

"응원군……."

내 용감한 돌입은 B팀에게도 보이겠지. 이 상황을 보면 바로…… 왔다!

동료가 쓰러져 아연해하고 있던 다른 한 명을 느와르와 블랑이 한번에 덮쳤다.

"임마! 악덕업자! 포기하라고!"

"갑자기 폭력을 휘두르는 건 좋지는 않지만……. 긴급상황이니 어쩔 수 없지."

두 명이 동시에 달려가 무방비 상태인 다른 검은 옷을 쓰러뜨린다. 확실하게 하기 위해 느와르가 재빨리 쓰러진 검은 옷의 팔을 잡고 꺾는다.

좋았어! 승부는 끝났다!

"아이짱, 무사해?"

이제 괜찮아, 라고 하며 나는 아이짱을 돌아보았다.

그 순간,

-슈우욱!

"이 멍청아!"

지금까지 아이짱이 걸었던 딴죽 중에서도 최대최강의 강렬한 일격이 내 머리에 작렬했다.

V

"정말정말 죄송합니다……."

엎드려서 사죄하는 것까지는 아니었지만, 이동사령부에서 대기하고 있던 벨까지 현장으로 불러들여서 모두 모여 한번에 "죄송합니다".

아이짱은 팔짱을 꽉 끼고 눈썹은 부들부들, 다리는 덜덜, 분노의 삼박자를 다 갖춘 채 우리더러 들으라는 모양으로 크게 한숨을 내쉬었다.

"정말이지 어떤 생각을 하면 내가 악덕 금융업자에게 잡혀서 빚을 갚기 위해 몸을 판다는 발상이 나오는 거야?"

아이짱은 지금까지 본 것 중 제일 차가운 눈빛으로 나를 보며 말했다.

"몸을 파는 게 아니라, 비밀 도박으로 일확천금을……."

"조용히 해, 네가 하는 일이니 어차피 뻔하지. 제멋대로 망상에 사로잡혀 모두를 말려들게 한 거지?"

뭐, 맞는 것도 아니지만 틀린 것도 아니고. 하지만 그 결론에 이르기까지 나도 여러 가지 갈등이 있었다고요? 라고 설명하려 했을 때.

"이번에는 넵튠이 잘못한 건 없어!"

의외의 장소에서 지원사격이 날아왔다.

나를 감싸준 건 다름아닌 느와르.

아이짱과 함께 나에게 딴지걸기 & 설교하기를 하늘에서 받은 사명이라고 생각하는 느와르가 똑바로 머리를 들고 아이짱에게 맞섰다.

아이짱의 의표를 찌른 듯 아이짱도 반걸음 물러나면서 눈을 깜박이더니,

"느와르, 갑자기 왜 그래? 넵튠의 폭주를 감싸주다니. 뭔가 약점이라도 잡힌 거야?"

"아니야. 이번만은 나쁜 건 넵튠이 아니라 나라는 걸 말하고 싶었어……. 아이에프, 너도 마찬가지고."

"나, 나도?! 무슨 소리야? 그럼 왜 내가 사과 받는 건데?"

아이짱이 반걸음 더 물러났다. 반대로 한 걸음 앞으로 나간 느와르가,

"이제 전부 털어놓을게."

이번 미행 작전을 결행한 사정을 아이짱에게 설명했다.

이야기가 진행되는 동안 아이짱의 태도가 달라졌다.

덜덜 떨던 다리는 멈추고, 부들부들 떨리던 눈썹은 추욱 늘어지고, 팔짱은 풀리는가 했더니 난처하다는 듯 한 손이 다른

손목을 잡는다.

"그, 그러니까 네푸네푸도 느와르도…… 우리 모두 아이짱이 신경 쓰여서…… 나쁜 마음은 없었어요. 그건 알아줬으면 해요."

느와르의 뒤를 이어 컴파가 말하자 마지막에는

"…… 미안해."

어째서인지 아이짱이 사과한다.

"이상한 오해를 살 만한 일을 해서 나도 미안했어. 하지만 걱정하지 마, 다시 한번 말하지만, 나는 빚 같은 건 없다고."

"빚은 넵튠의 망상이라 치고…… 그 검은 옷 입은 사람들은?"

블랑이 분노가 잦아든 아이짱에게 물어본다.

검은 옷의 사람들은 처음에는 흥분해서 뭔가 말하려고 하다가 지금은 아이짱의 등 뒤에 서서 상황을 지켜보고 있다.

아이짱은 그쪽을 본 뒤에,

"이제 말해도 상관 없겠지?"

그들에게 말한다.

"어쩔 수 없지."

내가 드롭킥을 먹였던 검은 옷의 남자 한 명이 짧게 대답한다.

아픈 듯 쓰다듬는 가슴에는 내가 남긴 구두 자국이 선명하게 남아 있다…… 으으, 미안해라.

"…… 어디서부터 이야기해야 할지 모르겠네. 먼저 말해두지만, 이 두 사람은 악덕 금융업자의 부하도 아니고, 뭐랄까, 너희가 상상하는 것과는 정반대라고나 할까……. 어찌됐건 나랑 같이 와 줄래? 그게 더 빠르겠어."

아이짱은 난리통에 틀어져 버린 떡잎 모양 리본을 고치고 말했다.

따라오라니……. 어디로?

멍하니 있는 우리에게 아이짱이

"여기야."

라고 손짓한다.

여기, 라고 말해도 앞은 숲이라고? 아이짱은 망설이는 우리를 흘깃 쳐다보고는 척척 발을 옮겨 숲 속으로 가버렸다.

"아, 잠깐만 기다려!"

우리는 당황해서 쫓아갔다. 자세히 보니 오솔길이 숲 안까지 이어져 있는 것 같았다.

아이짱과 금융업자의 부하가 아니었던 검은 옷을 입은 사람들의 사이에 끼어 걸어간 지 몇 분쯤 지나자 탁 트인 곳이 나왔다.

숲을 둥글게 깎아 놓은 공간에 푸른 잔디가 깔려 있다. 그 동그란 잔디밭 한가운데에 작은 석조 건물이 있다.

"교회…… 처럼 보이네요."

"교회 맞네."

벨과 블랑이 건물을 올려다보고는 말했다.

"교직원동 뒤에 이런 곳이 있었나."

"여기, 학교 안내 팸플릿에는 없었던 것 같은데요."

느와르와 컴파는 이 장소 자체에 흥미가 있는 것 같다.

나는 모두의 모습을 곁눈질하며

"여기에 뭐가 있어?"

아이짱에게 물어봤다.

"그래, 이리로 와."

대답한 아이짱은 교회 같은 건물의 현관문을 열고 우리를 불렀다.

건물은 역시 교회 같다.

나무로 만든 장의자가 입구부터 안까지 같은 간격으로 늘어서 있고, 그 앞에는 제단 같은 게 보인다.

검은 옷을 입은 사람들이 그 제단으로 달려가더니 둘이서 제단을 옮겼다.

뭘 하나 싶어 보고 있자니 제단 아래에서 밀어내는 손잡이가 달린 문이 모습을 드러냈다.

"비밀문? …… 아이에프, 우릴 어디로 데려가려는 거야?"

"이 아래야. 좁으니까 한 명씩 순서대로 내려가."

아이짱이 문을 열었다. 나타난 것은 경사가 가파른 계단. 건물 지하로 우릴 안내하려는 것 같다.

점점 비밀스러운 전개가 이어지니 가슴이 터질 것만 같

았다.

이런 거, 두근거린단 말이지!

"그럼, 내가 먼저~."

수상하게 바라보던 느와르를 밀어내고 계단을 내려간다.

건물처럼 돌로 만든 계단은 한 걸음 내려간 순간 차가운 공기가 몸에 느껴지는 것 같았다. 그리고 곰팡이 냄새도 조금 난다.

전부 100계단 정도 되려나? 계단을 몇 걸음 내려갈 때마다 작은 램프가 벽에 달려 있어 발 밑을 헤맬 염려는 없었다. 한 번에 뛰어내려가고 싶은 충동을 억누르고 한 걸음씩 내려가자 이윽고,

"굉장하다~."

우리 앞에 다른 광경이 펼쳐졌다.

나도 모르게 소리를 지르게 한 그 곳은 분위기는 아까의 교회와 비슷하지만 규모가 전혀 다르다.

크고 넓어!

좁은 계단을 지나 시야가 트이자 몇 개인가의 커다란 기둥에 지탱된 거대한 교회…… 아니 신전이라고 해야 하나. 지하 신전이 모습을 드러냈다.

내가 지른 소리가 벽과 천장에 반사되어 쩌렁쩌렁 울리는 가운데 모두들 말을 잃고 멍하니 서 있었다. 그러자 홀로 침착하게 서 있던 아이짱이

"데려왔습니다. 지금 괜찮을까요?"

아무도 없는 공간에 말을 건다.

"기다리고 있었어요. 아이에프, 그리고 여러분."

아무도 없는 공간에서 투명한 목소리가 들린 순간,

"우와, 눈부셔!"

"무, 무슨 일이죠!?"

지하신전 안쪽의 장식이 없는 계단 위에 있는 무대에서 빛이 넘쳐 신전 전체를 비춘다.

그 눈부신 빛의 중심에,

"저건…… 사람, 인가?"

희미하게 입체영상처럼 떠오르는 실루엣이 있다.

그 모습은 마치 작은 여자아이 같다.

"떠…… 있어. 날개가…… 나 있고."

블랑이 여느 때와 같이 차분하지만 흥분된 어조로 말했다.

"요정, 같네요. 그림책에서 본 적이 있어요."

이게 컴파의 감상.

블랑과 컴파가 중얼거린 말에 대해서는 이견이 없다.

본 그대로 정확히 이야기한 것 같다.

그 자리에 있던 모두의 시선이 수수께끼의 '요정씨'에게 모이는 건 확실했다.

물론 나도 '요정씨'에게 눈이 끌렸다. 마치 세계적인 대스타가 나타난 것처럼 심장이 두근거린다.

'요정씨'는 조용히 공중에 뜬 채로 우리 하나하의 얼굴을 천천히 둘러보았다.

먼저 아이짱, 느와르, 블랑, 벨, 컴파, 마지막에는 나.

부드러운 눈빛이 마주친, 그때였다.

"…… 잇승?"

갑자기 머릿속에서 불꽃이 터지는 것 같은 느낌이 들고, 나도 뜻을 모르는 단어가 입에서 튀어나왔다.

잇승.

잇승.

…… 뭐지 이건? 나 무슨 말을 하고 있는 거지? 이 요정의 이름?

머릿속에서 되풀이해 봐도 알 수가 없었다.

하지만 그렇게 되뇌는 순간, '요정씨'는 희미하게 웃었다.

"저는……. 그렇지, 이 학원의 '이사장'이에요."

미소를 띠며 '요정씨'가 입을 열었다.

"이, 이사장인가요? 요정씨가 아니라?"

확인하려는 듯 컴파가 입을 열자, '요정씨' 아니 이사장씨?는 가만히 고개를 끄덕였다.

응? 그럼 '잇승' 은 정말로……. 뭐지?

"처음 뵙겠습니다. 라고 해야겠죠. 여러분의 이야기는 아이에프에게 자세히 듣고 있어요."

그런 내 의문을 뒤로 하고, 유리종이 울리는 것 같은 아름다운 목소리로 이사장은 이야기했다.

모두의 시선이 아이짱에게 향한다.

"아이에프, 오랫동안 수고 많았어요. 언젠가 머지않은 때에 제가 모두를 부르려고 했어요. 좋은 기회니까 말해 주세요."

모두의 시선이 모여 겸연쩍은 듯한 아이짱을 향해 이사장이 재촉하듯 말한다.

아이짱은 흠, 하고 헛기침을 한 후 말을 꺼낸다.

"사실은 이사장의 의뢰로 너희…… 특히 네프코를 감시하고 있었어. 네프코가 이 학원에 들어왔을 때부터 계속."

"가, 감시!? 나를!?"

의미불명의 단어 다음에는 영화에나 나올 법한 이야기인가, 나도 모르게 몸이 뒤로 넘어간다.

"진정해요, 넵튠. 아이짱의 이야기를 끝까지 들어봐요."

벨이 내 소매를 잡고 이야기한다.

"고마워. 네프코를 감시한 이유는 첫째, 마제콘느 학장이 너를 노리고 있기 때문이야."

아이짱은 손가락 하나를 들며, 계속 말한다.

그리고 이사장이 덧붙이듯 말한다.

"잘 들어주세요, 넵튠. 지금 마제콘느 학장은 사악한 힘에 마음을 빼앗겼어요. 이 세계의 진정한 학장은 사라지고 있어요."

"뭐? 뭐? 뭐?"

아니아니아니, 모르겠어! 모르겠다고! 너무 갑작스럽잖아!

학장이라면……. 입학식 때 딱 한번 본 아줌마잖아? 그 사람이 사악한 힘에 마음을 빼앗겼다는 것도 그렇지만 그거랑 학장이 나를 노리는 거랑 무슨 상관이 있는데?

"혼란스러운 건 잘 알고 있어요. 하지만 이건 틀림없는 사실……. 모두들 몸으로 기억하고 있을 텐데요."

이사장의 그 말에 느와르가 "아!"하고 반응을 보였다.

"하이퍼 오리엔팅의 몬스터 소동, 그게 학장이 꾸민 일인가요?"

"맞아요. 마제콘느…… 아니 학장은 어떤 이유로 넵튠 일행, 여신후보생을 두려워하고 있어요. 그래서 여러분을 한꺼번에 처리하려고 몬스터까지 준비해서……."

"아이에프는 알고 있었어?"

느와르의 질문에 아이짱은 고개를 끄덕였다.

"하지만 구체적으로 뭘 할지는 몰랐어. 그래서 너희가 따로 움직이는 걸 감시하고 있었지만 결국 막지는 못했지. 한 거라고는 일을 크게 키워서 학장이 다음 행동을 못하도록 막은 것 정도랄까."

"그럼 사건을 인터넷이나 텔레비전에 알린 건 아이짱인가요…… 아이짱의 정체는 뭔가요?"

이번에는 컴파가 질문했다.

누구나 알고 싶었던 것, 아이짱은 조용히 교복 주머니에서 학생증을 꺼내 보여줬다.

'이스투아르 기념학원 고등부 1학년 A반, 에이전트 양성과'

학생증에는 그렇게 적혀 있었다.

"아이짱, 일반학과 아니었나? 그리고 에이전트는 뭐야……?"

"정부기관이나 모험자 길드에 소속되는 공작원을 말해. 이런저런 곳에 잠입해 정보를 빼가거나 높으신 분들을 몰래 경호하거나…… 뭐 그런 일이야. 나는 초등부 때 입학했으니까 계속 이 길이지."

"…… 아이에프가 성적이 우수하다는 걸 알게 된 저는 학장의 입김이 닿지 않는 선생을 통해 접촉해 학장의 행동을 조사하면서 넵튠이 입학했을 때부터 지켜보게 했어요."

"마지막까지 잠자코 있으려고 했는데 역시 여신후보 양성과의 톱이라 그런지 감이 좋다니까. 설마 반대로 미행당하리라고는 생각도 못했어. 이래서야 에이전트 실격이네."

아이짱은 학생증을 집어넣고는 후우 하고 숨을 쉬며 어깨를 움츠렸다.

하지만 한숨을 내쉰 건 바로 나.

이야기가 뒤죽박죽이라 머리가 펑! 하고 터질 것 같아, 펑!

"일단 정리해야겠네, 이대로 있다간…… 넵튠 머리가 터질 것 같아."

혼란에 빠진 나를 걱정한 건지, 블랑이 좋은 타이밍에 적절

한 이야기를 꺼냈다.

"먼저, 우리 학장은…… 정신이 나간 건가?"

"정신이……. 으음 누군가에게 세뇌……. 아니 홀렸다고 말하면 되지 않을까요."

"그 학장이……. 우리와 넵튠을 적대시한다……. 왜지?"

"모두에게 감춰져 있는 여신의 힘을 두려워하고 있어요. 이유가 있어 자세히는 설명해드릴 수 없지만 학장을 홀린 사악한 힘은 예전에 여기가 아닌 다른 곳에서 여신의 힘에 의해 패배했죠."

"학장은…… 다음에는 어떻게 나올까?"

"지금 그녀를 홀린 사악한 힘은 아직 완전하지는 않아요. 실제로 여러분을 쓰러뜨리려다 실패한 일로 피로가 쌓여서 막다른 곳에 몰려 있죠. 그녀에게는 시간이 얼마 남지 않았을 거에요. 머지않아 다시 여러분을 노리고 행동을 취하겠죠."

여기까지 듣고 블랑은 흘끔 아이짱을 봤다.

"아이에프, 이제부터 어떻게 할 거야?"

"이미 들켰으니 숨겨도 소용없지만 의뢰받은 건 끝까지 해낼 거야. 앞으로도 학장의 행동을 감시하겠어. 뭔가 알게 되면 알려줄게."

블랑은 곧바로 이사장을 향해 말했다.

"그럼 우린 이제부터 어떻게 하면 되지?"

"가능하면 제가 학장을 막고 싶지만……. 그렇게 할 수 없

는 이유가 있어요. 그러니까 아이에프와 협력해서…… 학
장…… 을…… 막아…….”

어, 어라? 상태가 이상한데.

우리 앞에 떠 있는 이사장의 모습이 갑자기 희미해지더니
소리에 잡음이 섞이기 시작한다.

“이사장?”

“…… 죄송해요. 아무래도, 이 이상은…… 이쪽에 있을
수 없네요. 제발……. 부탁이에요……. 마제콘느를…… 막
아……. 이쪽의 모두에게도…… 반드시 그 힘이.”

걱정이 돼서 말을 거는 사이에도, 이사장의 모습은 점점 희
미해지고, 잡음도 격렬해졌다.

입체영상…… 인지 뭔지는 모르겠지만 뭐지 이건? 전파 상
태가 나쁜 건가? 아, 여기는 지하니까 그럴지도.

“넵튠……. 마지막으로 당신에게 전해드릴 게 있어요…….
손을…….”

전파 상태가 나쁜 와중에도 이사장은 열심히 말한다.

“손? 이렇게……?”

이사장을 향해 양손을 내밀었다.

“이건, 당신이…… 당신에게 주는 선물이에요……. 이걸 사
용해서…….”

이사장의 모습이 내 눈높이까지 내려왔다.

그리고 내 손 위에 자신의 작은 손을 겹친다. 그 순간 이사

장의 손에서 빛이 모여 내 손으로 이동한다.

그 빛은 손 안에서 살아 있는 것처럼 형태를 바꾼다. 이렇게 말하면 그렇지만, 마치 빛으로 만든 점토 같다.

"오오~!? 뭐지? 이거 멋지잖아!"

그리고 빛이 사라지자 내 손 위에는 한 자루의 검이 가로놓여 있었다.

어떻게 해서 이런 일이 일어날 수 있는지는 모르겠지만 검은 확실히 실체를 가지고 있었다. 슬그머니 쥐어 보니 무서울 정도로 손에 익숙하다.

마치 아주 예전부터 내 것이었고 몇 번이나 이 검과 함께 싸워온 것 같은, 그런 착각이 들 정도였다.

"마제콘느는…… 분명히 당신 앞에 나타날 거예요……. 제발 이쪽 세계를……."

하지만 그 검을 나에게 준 탓에 에너지를 다 써버린 모양인지 이사장의 모습은 점점 희미해지더니…… 마침내 사라졌다.

"어라, 통신이 끊어졌잖아. 이런 전파가 안 좋은 곳에서 화상 채팅을 하니까……."

"통신이었나요? 화상 채팅으로는 물건을 줄 수 없다고요."

어느새 이사장 주변에서 나오던 눈부신 빛이 사라져 갑자기 어두워진 지하신전에 컴파의 목소리가 쓸쓸하게 울려 퍼진다.

하지만 검은 확실히 손 안에 있다.

이사장…… 이라. 어쩐지 처음 만난 것 같지 않았어.

그러고 보니 예전에도 이렇게 이상한 기분에 감싸였던 적이 있는데……. 언제였지?

나는 그런 생각을 하면서 가만히 손에 든 검을 바라봤다.

이스투아르 기념학원 고등부 2학년. 여신후보
양성과 소속. 보통은 말수가 적은 무뚝뚝한
여자아이지만 가끔씩 폭발한다.

005

블랑

White Heart

STAGE 5

1

"······ 아 정말이지, 위험하니까 휘두르지 말라고!"

느와르가 내 팔을 찰싹찰싹 친다.

"우우······. 하지만 이 검, 어쩐지 계~속 들고 다니고 싶은데."

"밥 먹을 때는 놔둬. 자, 여기."

나는 투덜거리며 느와르가 가리킨 풀밭 위에 검을 놓았다.

"네푸네푸, 그 뒤로 계~속 그 검을 가지고 있잖아요. 목욕할 때도 잘 때도."

"교실에서도 책상 옆에 세워두고, 우리 학교가 아니었으면 바로 뺏겼을 거라고."

내가 아쉬워하자 느와르도 컴파도 질렸다는 얼굴로 자리에 앉았다.

이 느낌은 내가 아닌 이상 모를 것 같으니 어떻게 보인다고 해도 상관없지만. 쳇.

투덜거리며 두 사람 옆에 앉는다.

나란히 풀밭에 앉자 시원한 바람이 불어와 진디와 주변의 나뭇잎을 바스락바스락 소리내어 흔든다.

"그건 그렇고 좋은 곳을 찾아냈네, 조용하니 마음이 진정되는 것 같아."

느와르가 바람에 날리는 트윈테일을 잡으며 말한다.

우리가 지금 있는 곳은 숲에 있는 탁 트인 자리.

우리는 이사장과 만난 그 지하신전과 이어진 건물 옆에 있는 큰 나무 그늘 아래로 점심을 먹으려 왔다.

무엇보다 요새 학원은 어디를 보든 코앞으로 다가온 전기 축제 준비로 어수선해서 복도와 통로를 가리지 않고 자재와 짐이 산더미처럼 쌓여 있다.

그것 말고도 임시로 차린 가게와 노점이 안뜰과 교정까지 늘어서 있는 카오스 상황이다.

보통 점심시간이라면 학생들이 학교 여기저기로 뿔뿔이 흩어져 여유가 있었지만, 지금은 빈 자리가 있으면 어디든 꽉꽉 들어차서 편하게 도시락을 펼쳐놓고 먹을 만한 분위기가 아니다.

하지만 여기는 느와르가 말한 대로 조용하다.

조금만 신경을 쓰고 찾으면 바로 올 수 있는 장소인데 사람을 쫓는 마법이라도 걸렸는지 아무도 오지 않는 것 같았다.

"하지만 우리만 느긋하게 도시락을 먹는 건…… 아이짱한테 미안하네요. 오늘도 아침부터 수업도 못 듣고 조사? 뭔가 일을 하는 것 같았고."

하지만 너무 명당자리라 그런지 착한 컴파는 마음이 내키지 않는 것 같다.

"에이전트과는 원래 그런 곳이야. 거의 매일이 실습이나 실전이라고 하더라. 들은 이야긴데 입학은 했지만 잠입 미션 실습 때문에 학교에 세 번만 나오고 졸업한 선배도 있대."

"그러면 학교는 아무 의미 없잖아요……."

"아이에프도 그렇고 본인이 결정한 거니까 우리가 말을 꺼낼 입장은 아니지……. 그보다 지금은 마제콘느 학장을 어떻게 할 건지 생각해 보자."

느와르가 화제를 바꿨다.

우리가 아무도 없는 곳에서 점심을 먹으려 했던 건 이 이야기를 나눌 심산이었던 점도 있다. 확실히 교실 한복판에서는 못 할 얘기니까.

하지만 실제로 어떻게 하지? 라고 물어봐도 곤란하다.

이사장은

"여러분이라면 할 수 있어요."

라고 자신 있게 말했지만, '할 수 있어요' →'뭘?'이라는 느낌이다.

"학장이 뭔가에 홀렸다고 했는데……. 제령이라도 해야 할까? 아니면 받은 검으로 학장을 베어버린다! 라던지?"

나는 말했다.

"그게 문제야. 왜 우리가 아니면 안 되는지도 모르겠고. 우리 말고도 여신화할 수 있는 학생들이 몇 명 더 있잖아?"

"한번 더 이사장을 만나서 이야기하면 좋겠지만……. 그것도 어떻게 해야 되는지 모르겠고."

결국 셋이서 '으음~' 하며 고민하다 보니, 도시락에 손이 가지 않는다.

어떻게 해야 좋을지 생각하는 중, 내 눈에 들어오는 게 있었다.

느와르가 펼친 귀여운 도시락통.

거기에는 노란색, 핑크색, 녹색 세 가지 색으로 화사하게 꾸며진 생선살 덮밥, 그 옆에 단정하게 올린 감자 샐러드의 하얀색도 눈부시다. 그리고 무엇보다 매력적인 게······.

"그리고 그 이사장이란 사람도 수수께끼 아니야? 사실은 그 뒤에 선생 몇 명한테 물어봤는데······."

아, 안돼. 이제 참을 수 없어!

넵튠 돌진.

쏘옥.

"······ 아앙, 진짜로 촉촉해!"

"모두들 이사장이라고 하니까 촉촉······ 어!?"

아, 역시 도시락의 꽃이라고 하면 닭튀김이지. 이 바삭한 튀김옷 아래에서 터져 나오는 육즙!

"남이 진지하게 말하고 있는데 멋대로 닭튀김을 집어먹으면 어떻게 해! 그것도 제일 큰 걸 가져갔잖아! 큰 걸!"

"이 닭튀김 엄청 맛있어! 느와르는 요리도 우등생이로구나. 이러면 좋은 신부가 되겠는데♪."

"아, 그래? 정말? …… 부끄럽게 그런……. 안 돼! 그런 걸로 속이지 말라고!"

"속아 넘어간 사이에, 하나 더!"

"자기 걸 먹어! 자기 걸!"

이렇게 여느 때처럼 점심시간이 지나간다.

그건 내가 장난을 쳐서 그렇게 된 거지만.

하지만 진지하게 생각해도 모르는 건 모르는 거고, 될 대로 되겠지!

그런 생각을 하며 강탈한 닭튀김을 음미하고 있었는데,

"여전히 떠들썩하다니까. 조금은 긴장감을 가지라고."

사락사락 잔디를 밟는 발소리가 들리더니 아이짱이 나타났다.

"이런 데 있었네, 찾아다녔어."

아이짱은 종종걸음으로 다가오더니 우리 앞에 스윽 앉는다.

"셋 다 맛있어 보이는 거 먹고 있네."

그렇게 말하고는 고양이같이 재빠른 손놀림으로 느와르의 닭튀김에 손을 뻗는다.

"자, 잠깐! 아이에프도 멋대로 먹지 말라고! 나 아직 하나도 못 먹었단 말야!"

"쪼잔하기는……. 어라, 이거 진짜 맛있다."

그렇지, 그렇지!

으~음, 그렇다면 나도 한 개 더······.

"그만 좀 해!"

슬그머니 뻗은 내 손등을 느와르가 포크로 찍으려 한다.

"뾰족한 물건은 안 된다고 생각합니다."

"시끄러, 하나밖에 안 남았단 말이야!"

느와르는 그렇게 말하고는 마지막 남은 닭튀김을 포크로 찔렀다. 그걸 먹나 했더니,

"여기, 컴파. 괜찮으면······ 먹을래?"

닭튀김이 꽂힌 포크를 컴파에게 내민다.

"먹어도 괜찮아요?"

"넵튠과 아이에프만 주고 컴파는 안 주는 건 불공평하니까. 피, 필요 없으면 일부러 먹지 않아도 돼."

"아니에요. 잘 먹겠습니다."

컴파는 크게 입을 벌려 닭튀김을 한 입 베어 문다. 입을 오물오물 움직이는 동안 표정이 점점 달라지는 걸 보기만 해도 알 수 있었다.

"그, 그렇게 맛있으면, 또······ 만들어 줄게."

느와르는 부끄럽다는 듯 고개를 숙이고 감자 샐러드를 쿡쿡 쑤신다.

"즐거운 점심시간을 방해해서 미안하지만, 즐겁지 않은 이야기가 있어. 들어볼래?"

그 광경을 바라보고 있던 아이짱이 손가락에 붙은 튀김옷

을 핥으며 말했다.

"또 무슨 일이야?"

"장기 출장으로 체육대회 때부터 행방불명이었던 마제콘느 학장이 돌아왔어."

"이 타이밍에."

아이짱의 이야기를 듣고, 느와르가 깜짝 놀라 도시락통에서 고개를 들었다.

"응, 내일부터 전기 축제가 시작되는 이 타이밍에."

"아이에프도 같은 생각을 하고 있구나……. 이쪽이 생각하는 것보다 먼저 선수를 치겠다는 거로군."

"틀림없이 우리……. 아니 넵튠을 노릴 거야. 도대체 어디에서 어떻게 움직이려나."

"그거 말인데, 가만히 학장이 무슨 일을 벌일지 기다리고만 있으면 너무 늦다고. 그래서 생각한 게 있어."

요리를 칭찬받아 부끄러워하는 소녀에서 여느 때와 같은 차가운 우등생의 얼굴로 돌아온 느와르가 말한다.

일단 쓸데없이 끼어들지 말고 이야기를 들어보는 게 좋을 것 같다.

…… 그건 그렇고 처음 맞이하는 학원제가 갑자기 파란만장의 예감이라니.

아무 일 없이 평화롭게 끝나지는 않을 것 같다.

따분한 것보다는 팡 하고 커다란 사건이 터지는 게 재미

있겠지만, 처음은 느긋하게 즐기고 싶다는 생각도 든다. 그
도 그럴 게, 이대로라면 노점도 이벤트도 즐기지 못할 것 같
다고?

　나는 마음속에 복잡한 소녀의 마음을 안고 느와르의 이야
기에 귀를 기울였다.

‖

　다음날, 드디어 학원제가 시작됐다!

　여러 가지 귀찮은 일이 있을 것 같지만 그건 그거고. 두근
거리는 마음을 안고 등교한 나는 깜짝 놀랐다.

　엄청난 인파!

　어딘가의 동인지 판매회가 생각날 정도로 오른쪽에도 왼
쪽에도 사람들, 사람들, 사람들!

　보통 때에도 엄청나게 큰 학원인 데다가 학생들도 수천 명
이나 있는데, 거기에 더해 학원제를 즐기러 온 외부인들이 눈
덩이처럼 몰려와 지금까지 본 적도 없는 인파가 내 눈앞에
가득! 가득!

　"…… 저 사람들 다 어디서 솟은 거야. 전에 컴파가 다녔
던 학교 학원제는, 좀 더…… 한산했잖아."

　"한산하뇨! 이, 이 학교가 특별한 거라고요."

"그래? …… 그건 그렇고 설마 이 정도일 줄은 몰랐네. 이 래서야 앞일이 걱정된다."

학원 내에 들어찬 인파 속, 모두들 즐거운 듯 오고 가는 가운데 난 나도 모르게 한숨을 크게 쉬었다.

그 이유는 나와 컴파가 팔에 차고 있는 완장을 보면 알 수 있다.

'학원제 특별 순찰대'

노란색 바탕에 검은색으로 큼직한 글자가 적힌 이 완장을 만든 사람은 느와르.

이게 느와르가 생각한 '작전'이니 차고 있기는 하지만 어떻게 좀 안될까? 특히 이름이라든지, 이름이라든지.

그리고 이름이라든지?

나와 컴파 말고도 모두의 완장을 하룻밤만에 만들어 준 걸 생각하면 불평은 못 하겠지만…… '스페셜 태스크포스'라 든지 '가디언 히로인즈'라든지 좀더 멋지구리한 게 있잖아.

…… 그게 아니지. 또 탈선할 뻔 했네. 중요한 건 느와르 가 생각한 작전이다.

으음, 그러니까 이거야.

느와르의 생각은 마제콘느 학장이 무슨 일을 꾸밀 속셈인 지 모르겠다면 반대로 우리가 학장에게 대항하자는 거다.

지난번처럼 학장이 이벤트를 노려 뭔가 꾸미고 있다면 우 리가 학원제에서 일어나는 트러블에 고개를 들이밀고 구석

구석 해결하면서 돌아다니면 된다는 이야기다.

"우리가 눈에 띄게 움직이면 움직일수록 학장에게 메시지를 전달하는 게 된다고. '우린 당신이 뭘 꾸미고 있는지 알고 있다!' 그렇게 하면……."

"그렇구나. 그렇게 하면……. 말은 좀 거칠지만, 도발하면 저쪽도 뭔가 반응을 보일 거라는 이야긴가."

"물론 곤란한 사람을 도와주는 건 그것대로 좋은 일이고. 아무 일도 없이 끝난다고 해도 쓸모없는 건 아니잖아."

어제 점심에 느와르, 아이짱이랑 이야기했고. 벨과 블랑도 동의했다.

처음에 온천에서 음모의 냄새에 대해 말한 건 이 두 사람이니 역시나 흔쾌히 승낙했다.

컴파야 말할 것도 없다. 원래 남을 도와주고 싶어하는 마음이 강해 간호사를 지망할 정도니까 말이다.

나도 학원제의 그늘에서 꿈틀거리는 악을 베는 정의의 편! 이란 상황을 좋아하니까 즐겁게 작전에 편승했지만…….

"네푸네푸! 벨한테 연락이 왔는데 미아가 울고 있는 모양이에요, 바로 현장으로 출동이에요!"

"네네~."

"이번에는 할머니가 가방을 잃어버려 곤란해 하고 있대요. 같이 찾아주는 거에요!"

"알겠습니다."

"우와와와. 중등부 남자아이가 뒷마당에서…… 돈, 돈을 뜯고 있다네요……. 이건 선생을 불러야겠어요……."

"기다렸습니다! 이런 일을 어떻게든 하는 게 우리 특별 순찰대의 일!"

"타코야키집 일손이 부족하대요!"

"뭐어!? 그것도 순찰대 일이야!?"

"특별 게스트로 온 아이돌 그룹 'CPU32'의 콘서트에 오타쿠들이 몰려와서 큰일이에요!"

"그건 우리랑은 상관없는 트러블이잖아! 그리고 패러디를 하려면 비슷한 어감으로 맞추라고! 아이돌 그룹이라고 말 안 하면 뭐가 뭔지 모르겠어!"

첫날 내쉰 한숨은 날이 갈수록 더해만 갔다.

뭔가…… 뭔가…… 내가 상상한 거랑은 다르잖아!

이래서야 그냥 심부름센터다.

그리고 느와르! 메시지건 도발이건 다 좋은데, 진짜로 효과가 있긴 한 거야? 따지게 해 줘, 한 시간 정도 따지게 해 달라고.

"특별 순찰대, 선생들도 실행위원회도 평판이 좋아. 내년부터는 좀 더 사람들을 모아 본격적으로 조직화해야겠어."

"남을 돕는 건 기분 좋네요. 느와르."

…… 보라구, 역시 당초 목적하고 다르잖아.

학원제는 나흘째를 맞이했다.

아이짱이 할 이야기가 있다고 해서 콤비를 짜고 있던 컴파와 같이 교정에 세운 특별순찰대 본부로 얼굴을 내밀었다.

뭐, 본부라고 해 봤자 간단한 텐트지만.

이미 아이짱만 빼고 모두가 모여 쉬고 있었다.

본부 텐트로 돌아오자마자 동기를 가지고 순찰대 임무에 전념하고 있는 느와르가 만족스럽게 고개를 끄덕이는 광경이 보인다.

"정말이지, 나는 다른 트러블을 생각했다고. 무기 밀매상을 붙잡는다든지, 학원을 주름잡는 어둠의 조직들 사이에 일어난 항쟁에 휘말려든다든지. 아! 그리고 학원제에 침입한 테러리스트 그룹을 일망타진한다든지!"

"…… 그건 무슨 '중2병'인가요. 하지만 이해는 돼요. 이렇게나 큰 사건이 없어서야 조금 김이 빠지네요."

지금이 입학식 이래 제일 결속력이 강한 게 아닐까? 느와르와 컴파를 곁눈질하며 내가 말하자 살짝 하품하며 벨이 대답했다.

"그쪽도 작은 사건만 있었어?"

"네에, 린박스 기숙사에 치한이 몇 명 들어온 정도랄까요."

"우아아……. 그건 붙잡는 것도 기분 나쁜데,"

"하지만 린박스 기숙사는 여자들도 많은 대신 리얼하게 FPS를 즐길 것 같은 군인 지망 학생들이나 경찰관 지망인

믿음직한 남자들이 많으니까요. 모두가 협력해 줘서 별 일 없이 끝났어요."

벨의 방에 놀러 갔을 때 린박스 기숙사를 견학한 적이 있는데, 린박스 기숙사는 미소녀게임에 나올 법한 귀여운 여자애들이 사는 층이랑 울퉁불퉁 체육계가 모여 있는 층이 있었다.

왜 이러냐고 물어보니, 린박스 기숙사의 근육남들은 성실하고 완고해 이상한 벌레가 꼬이지 않는다는 소문이 퍼져 애지중지 길러온 아가씨들을 기숙사에 보내는 부모님들이 조금씩 늘었다고 한다.

벨의 지휘 아래 일사불란하게 연계 플레이를 펼치는 근육남들에게 둘러싸여……. 재미있는 광경일지도.

치한이야 해치우는 게 당연하지. 여성의 적은 용서하지 않는다!

"블랑은? 뭔가 재미있는 일이 있었어?"

벨에게도 이런 에피소드가 있다면 이쪽에도 물어봐야지. 블랑에게도 물어본다.

"별로……. 르위 기숙사를 지나가던 임산부가 갑자기 산통이 와서……. 우리도 기숙사 아이들이랑 협력해서……. 뭐 그정도야. 바로 구급차가 와서…… 끝났어."

여전히 표정을 바꾸지 않고 담담하게 말한다.

이쪽은 꽤나 감동적인 스토리. 텔레비전 방송에서 좋아할

만한 이야기인데 블랑이 너무나 담담하게 말하니

"그, 그렇구나. 애가 무사히 태어났으면 좋겠네."

무슨 리액션을 취해야 할지 곤란하다.

하지만 둘 다 마제콘느 학장의 음모와는 연관된 것 같지는 않다.

느와르, 실수한 거 아니야?

다시 한 번 느와르에게 따져야겠다고 콧김을 내쉬던 그때였다.

"다 모였어? 기다리게 해서 미안해."

갑자기 아이짱이 본부 텐트에 모습을 드러냈다.

이런 좋은 기회가, 나는 아이짱에게 달려갔다.

"아이짜~앙, 우리 작전대로 계속 사건을 해결했는데 효과는 있는 거야? 뭔가 심심한 사건밖에 없고, 반응이 있는지는 모르겠는데."

가슴에 소용돌이치는 짜증을 이야기해 본다.

그걸 시작으로,

"저도 아이짱에게 물어보고 싶어요. 참여하는 곳도 없으니까 방에서 느긋하게 쌓인 게임을 하려다가 나온 거라고요?"

"컴파랑 느와르만…… 묘하게 힘이 넘치는 것도 보기 안쓰럽고."

불만조의 의견이 아이짱에게 집중포화로 쏟아진다.

아이짱은 "뭐어뭐어"라고 우리를 어르며,

"모두들 잘 해주고 있는 것 같네. 미아 찾기에, 임산부의 구조 같은 미담이나 치한퇴치나 아이돌 오타쿠까지 상대해주고. 매일 뛰어다니는 저 귀여운 여자애들은 뭐지? …… 라고 손님들 사이에도 화제라고."

뭔가 마음에 걸리는 것들을 히죽히죽 웃으며 말한다.

"그건 질문에 대한 답이 아니잖아요. 아이짱하고 느와르가 꼭 이 작전을 하고 싶다고 해서 믿고 따랐는데, 손님들의 화제가 된 정도로 괜찮을까요?"

"이제 와서 뭘……. 팬이 늘어나봤자 조금밖에 안 기쁘다고……."

조금은 기쁜 거냐! 라는 딴죽은 넘어가고, 블랑과 함께 고개를 끄덕인다.

"잠깐 너희, 작전의 의미는 제대로 설명했잖아? 비록 아무 일 없더라도 학원제에 놀러 온 사람들을 위한 일이니까."

"그래, 그래요. 곤란한 사람들한테 도움이 되는 건 좋은 일이라고요. 그런 불평만 늘어놓으면 떼찌! 에요."

그런 우리의 태도야말로 불만이라는 듯, 컴파가 공동전선을 치며 끼어든다.

아이짱은 그것도 "뭐어"라며 어른다.

"물론 작전의 효과는 충분히 있다고. 너희가 여기저기 뛰어다니면서 주목을 받고 있으니까 나는 비밀스러운 행동을 하기 좋아. 학장에게 착 달라붙어서 조사해도 눈치 못 챈 거 같아. 조사가 잘 돼서 살았어."

과장된 손동작과 함께 씩 웃으며 말했다.

그 말을 들은 순간, 모두…… 특히 느와르의 눈이 똥그래진다.

"아이에프…… 우리를 미끼로 쓴 거야?"

"말하는 게 너무 노골적인데. '위장하기 좋았다' 정도. 원래 그런 작전이었잖아?"

어 뭐야, 무슨 얘기지?

무슨 말인지 전혀 모르겠는데요. 나 혼자 두리번두리번 모두의 얼굴을 둘러보고 있자.

"아무래도 우리, 완전히 속아 넘어간 모양이네."

벨이 톡 하고 내 머리를 치더니 말했다.

"소가 넘어가? 나 아이짱한테 소를 준 적 없는데."

"그게 아니라…… 아이짱은 느와르의 생각과는 다른 의도로 작전을 진행했다는 거에요……. 아아 진짜, 설명하기 귀찮네요. 아이짱, 뭔가 파악한 게 있으면 뜸 들이지 말고 알려주세요."

"네네, 그럼 여러분을 머리카락이 곤두서는 호러 저택으로 안내하겠습니다……. 따라와. 거기서 설명해 줄게."

그렇게 말하고는 아이짱이 손을 내민다.

"어떻게 된 거야……. 어쩔 수 없네, 가자 넵튠."

"네-에."

아이짱을 따라 우리도 일어났다.

그때 난 뭔가 빼먹었다는 게 생각나 말했다.

"아, 미안, 놔두고 온 게 있네. 잠깐만!"

"빨리 해."

느와르의 재촉을 들으며 텐트로 돌아간다.

정말이지, 소중한 걸 잊어버릴 뻔 했네.

방금 전까지 앉아 있던 파이프 의자 등받이에 순찰을 하면서도 가지고 다녔던 검이 세워져 있다.

다행이랄까 아쉽달까, 아직은 휘두를 기회가 오지 않았지만 가지고 다니지 않으면 불안해.

의자로 돌아가 검을 집으려 하다가 알아챘다.

(어라? 이거…… 빛나고 있네?)

잘 보지 않으면 모를 정도로 희미한 빛이었다. 텐트가 빛을 막아 어두워지자 겨우 눈치챌 정도로, 검 전체가 빛나고 있었다.

의아하게 생각하며, 검을 집는다.

손에 들자 빛은 소리도 없이 스윽 사라진다.

그 순간 머릿속에 전기가 온 것 같은 감각이 느껴졌다.

"아앗!"

무심코 소리를 지른다.

"어물거리면 놓고 간다!"

바깥에서 느와르의 목소리가 들린다.

빛과 함께 찌릿한 느낌도 한순간에 사라져 지금은 아무것도 느껴지지 않는다.

(…… 정전기인가?)

고개를 갸웃거리며 검을 끌어안고 텐트에서 나왔다.

III

"어서 오세요. 아가씨들~. 돌아가실 때까지 천천히 쉬고 계세요. 열심히 봉사하겠습니다~. 모에모에큐웅~♡ ♪"

모에.

메이드 모에, 하늘하늘 메이드복 모에.

"모에한 건 좋지만, 이게 어디가 호러 저택이라는 거야?"

따라오라고 해서 멋진 남자도 걱정할 기세로 쫄레쫄레 따라왔더니만 아이짱은 우리를 학교에서도 손꼽히는 귀여운 여자애들을 한번에 만날 수 있는 학원제 명물(인 듯한?) 메이드 카페로 인솔했다.

느와르는 도착하자마자 의아한 얼굴을 한다.

그와 반대로 나는 지나가던 메이드를 붙잡았다.

"네, 무슨 일인가요? 주인님."

"응, 무슨 일이냐면…… 뭔가 맛있는 거?"

"오늘의 추천메뉴는 여기 있습니다. 아가씨."

"오오, 그럼 그걸로!"

메이드 카페는 흔히 말하는 오픈 카페 형식으로, 키친 카라고 하나? 경트럭을 주방으로 개조한 차가 세 대 늘어서 있고 밝은색 파라솔이 몇 개인가 있다. 저 파라솔이 좌석이고.

여섯 명이 앉을 수 있는 자리를 잡고 명물이라는 소문대로 레벨이 높은 메이드에게 추천받은 파르페랑 케이크와 오므라이스를 주문했다.

"진정해 느와르, 여긴 감시용 포인트⋯⋯. 야! 멋대로 파르페 같은 거 주문하지 말라고!"

그걸 본 아이짱이 놓치지 않고 딴죽을 건다. 이번에는 내가 '뭐어 뭐어~ 공격'으로 중재.

멋대로건 뭐건 자리를 차지하고서 주문을 안 하면 이상하잖아.

그리고 앞으로 일어날 일을 생각하면 배를 채워두는 게 좋을 것 같아.

"저기⋯⋯. 너희들 이야기를 들을 마음은 있는 거야? 이거 중요한 정보라고?"

"괜찮아, 괜찮아. 손이랑 입은 일하고 있지만, 귀는 쉬고 있다고. 신경 쓰지 말고 시작하세요."

나는 도착한 요리를 재빨리 공략하며 말했다.

사실 이때 나는 아이짱이 무슨 말을 할지⋯⋯ 알고 있었다. 정확히는 메이드 카페에 도착하기 바로 전부터.

그래, 메이드 카페에 다가갈수록, 아까 느꼈던 찌릿함이 머릿속에 느껴진다. 그것도 강하게.

이건 나중에 설명하기로 하고, 지금은 다른 아이들이 아이짱의 이야기를 들어줄 시간을 만들어주기 위해 가만히 있기로 했다.

"정말이지, 너란 아이는……. 귀 말고 눈도 좀 써 봐. 저쪽을 보라고."

아이짱은 메이드 카페 저편…… 백 미터 정도 떨어진 놀이기구 같은 건물을 가리켰다.

"까맣네……."

건물을 본 블랑이 간단한 느낌을 이야기한다.

하지만 그 감상은 단순하면서도 정확했다.

블랑이 말한 대로 그 건물은 한 면이 까맣게 칠해져 있어 멀리 떨어진 곳에서 봐도 눈에 띈다.

거기다가 제법 크다.

"본격적인 느낌인데, 저건 뭔가요?"

벨이 말했다.

"아까 말했잖아. 머리털이 곤두서는 호러저택이야."

"귀신의 집 말이야?"

느와르가 말한다.

"덤으로 미로까지. 여자친구에게 근사한 모습을 보이고 싶은 남자에게는 딱 좋은 단골 놀이기구지."

"그건 알고 있지만……. 저 귀신의 집 어디가 문제라는 거죠? 아! 어두운 곳에서 이상한 데를 만진다든지!? 안 돼요! 그런 건 안된다고요!"

"지레짐작하지 마, 조금만 있으면 알게 될 거야……. 여기 쌍안경."

아이짱은 그렇게 말하고는 어디에 넣어두는 건지 마술사처럼 작은 쌍안경을 손에 꺼내들어 컴파에게 줬다.

"간판이 서 있는 입구 옆을 봐, 슬슬 올 거야…… 3, 2, 1 …… 왔다.

아이짱이 말한 대로 쌍안경을 들여다본 컴파는

"앗!"

하고 소리를 질렀다.

"누군가 뒤로 돌아가고 있어요. 얼굴은…… 모자를 써서 안 보이네요."

"복장은?"

"…… 으음, 게임에 나오는 마법사 같아요. 모자도 마녀 모자, 저건 분명히 여자에요.

"빙고. 오늘도 시간 딱 맞추네, 마제콘느 학장"

덜컹덜컹 의자를 끄는 소리가 들리고, 모두 동시에 일어났다.

하지만 난 일어나지 않는다. 알고 있으니까.

머리의 찌릿한 느낌은 오므라이스를 먹고 있을 때에도 케이크를 먹고 있을 때에도 사그러들지 않았다.

그리고 나는 이 찌릿한 느낌이 마제콘느 학장과 관련이 있다는 걸 알고 있었다.

어떻게냐면, 나도 잘 모르겠어. 하지만 알고 있다고.

"학장이라고요!?"

"왜…… 학장이, 귀신의 집에……. 그것도 코스프레."

"오늘로 학원제 나흘째, 학장은 매일 정해진 시간에 귀신의 집에 드나들고 있어."

아이짱이 흥분해 있는 모두에게 앉으라고 손짓을 한다.

나는 자신도 놀랄 정도로, 차분한 느낌으로 그걸 바라보며 몸이 원하는 대로 에너지 보충을 하고 있다.

보충한 에너지를 사용할 때가 곧 올 것 같으니까.

"단순하게 마녀 코스프레를 하고 도와주고 있다…… 는 아니겠지?"

느와르가 본인도 믿기지 않는다는 말투로 이야기한다.

"아니겠지. 이제부터 학장이 안에서 뭘 하는지 조사할 테니까 모두에게 이야기하려고 했어. 뭔가 알게 되면 또……."

아이짱이 말한다.

나는 마지막까지 남은 파르페를 다 먹고는 아이짱의 말을 막는다.

전 메뉴 완식, 잘 먹었습니다.

"아이짱, 임무 잘 해냈어!"

"뭐?"

"마제콘느 학장이 지금 저 안에 있다면, 그렇게 돌아서 조사하지 말고 우리가 들어가서 물어보면 되잖아."

"무슨 소리야! 그렇게 아무 계획도 없이 일이 잘 풀릴 리가 없잖아!"

당연히 아이짱은 반대한다.

난 지금까지 말하지 않고 있었던 사실을 이야기했다.

"이걸 봐, 아이짱. 너희도."

나는 빈 접시를 한 편에 밀어놓고 테이블 옆에 기대났던 검을 올려놓는다.

"이사장에게서 받은 검이잖아. 왜?"

"으음, 잇승한테 받은…… 아니 맡은 검."

잇승.

나는 앗 하고 입을 막았다.

"…… 나 지금 뭐라고 말했지?"

"잇승, 이라고 말했어…… 잇승이 맡긴……."

"그 요정 같은 이사장 이름이 잇승…… 인가요? 넵튠, 어떻게 이사장의 이름을 알고 있죠?"

이번에는 그때와 달리 다른 아이들한테도 들린 것 같다.

"역시…… 이름이겠지? 잇승…… 잇승……."

확인하듯 몇 번이고 불러 본다.

그때마다 머릿속의 찌릿찌릿한 느낌이 강해진다. 그 찌릿 찌릿함과 동시에 따뜻하고 그리운 느낌이 가슴속에 차오르 는 게 느껴진다.

"응. 아마…… 그래, 잇승은 이사장이라고 한 그 요정의 이름이야. 난 그걸 알고 있어."

검을 바라보며 말한다.

"네프코……."

아이짱이 미안하다는 얼굴로 나를 보고는 내 이마에 손을 얹었다.

"미안해, 일을 너무 시켰나 보네. 열은 없어? 몸은 피곤하 지 않아?"

…….

…… 아 니 야!

"말해두는데 아이짱? 지금 진지한 이야기 중이라고. 봐! 이 깨끗하고 거짓이라곤 없는 순수한 눈동자를!"

아이짱을 끌어당겨 얼굴을 바짝 댄다.

"너무 가까워, 가깝다고! …… 정말이지, 너는 언제나 농 담만 하니까 확인하지 않으면 불안하다고."

"이번에는 진지해."

"알겠어. 그래서? 그 '잇승'에게 받은 검이 어쨌다는 건데?"

"으음, 자세한 건 모르지만, 이 검을 들고 있으면 검이 뭔 가 날 재촉하는 것 같아. 빨리 가라고 하는 것 같다고나 할까?"

사실 아이짱이 마제콘느 학장의 이야기를 시작하면서부터 머릿속의 찌릿한 느낌이 점점 강해진다.

처음 이후로는 아프거나 기분이 나쁘진 않아 다행이지만, 그 레벨은 점점 올라가고 있어.

찌릿찌릿에서 찌리릭 정도로.

"간다니, 어디로…… 물어보지 않아도 알 것 같지만."

느와르가 '호러 저택'을 바라보며 말한다.

"화, 확실히 이사장이 이 검을 네프코에게 준 건 뭔가 이유가 있겠지만…… 그렇다고 갑자기 돌격하는 건……."

음, 아이짱은 아직도 주저하는 건가.

보통은 그렇겠지.

아이짱 입장에서는 제대로 작전을 세우는 게 좋다고 생각하는 건 이해가 되지만…….

하지만 이대로라면 내 기분이 풀리지 않아. 솔직히 여기서 기다리라고 해도 참지 못할 것 같고.

"부탁이야 아이짱. 내 말을 믿어줘! 괜찮아, 위험에 빠져도 변신해서 해결할 수 있어."

"믿지 않는 건 아니야. 하지만 아무래도……. 모두 뭐라고 말 좀 해봐."

아이짱은 모두에게 지원을 요청했다.

하아, 안되겠네. 아이짱을 곤란하게 하려는 건 아니었

는데.

어떻게 하면 지금의 등이 떠밀리는 듯한 기분을 설명할 수 있을까 하고 없는 뇌세포를 쥐어짜고 있자니

"저는 상관없어요. 이참에 강행돌파도 좋지 않을까요? 저는 재빨리 정리되면 방에 돌아가서 천천히 게임을 할 수 있고요, 애니메이션도 녹화한 게 밀렸다고요."

나와 아이짱의 대화를 가만히 듣고 있던 벨이 "으~음!"하며 팔을 올려 기지개를 켜고는 말했다.

게다가 내 말에 찬성하고 있어!

"그렇네……. 솔직하게 말하면 순찰은 조금 질렸어……. 원고가 늦어지는 것도 곤란하고…… 한번에 처리하는 거 찬성."

계속해서 블랑.

"그래도 조금은 그럴듯한 이유로 설득하라고……. 우선 이유 1. 여기서 아이에프가 안 된다고 해도 넵튠은 혼자서 쳐들어갈 테니 더 귀찮아질 것 같아. 이유 2……. 그…… 아이에프 혼자 힘들게 일하는 것도…… 내, 내 프라이드가 용서하지 않는다고. 응! 그래!"

느와르까지!

어라? 이건 제 입으로 말하기는 그렇지만 예상외입니DA.

마지막은 컴파.

"미안해요 아이짱. 나도 네푸네푸 의견에 찬성이에요."

아이짱에겐 설마 했던 한마디인 것 같다. 그 자리에서 휘청거릴 정도였으니 말이야.

"컴파……"

"네푸네푸는 조금 폭주하는 경향이 있지만, 거짓말은 하지 않는 아이예요. 그것만은 말할 수 있어요. 그런 네푸네푸가 말하는 거니 하고 싶은 대로 해주고 싶어서……."

컴파, 고마워!

제일 중요한 때 좋은 이야기를 해주다니. 정말로 고마워, 고마워!

"정말이지……. 모두 멋대로네."

이게 결정타였는지 아이짱은 드디어 결심이 꺾였다.

"알았어, 이번에는 네프코의 감인지 검의 이끌림인지를 믿어 보자고. 느와르가 말한 대로 어차피 멋대로 쳐들어갈 거라면, 내 눈이 닿는 곳에서 날뛰는 게 낫고."

"됐다! 아이짱도 고마워!"

나는 힘껏 아이짱을 끌어안았다!

뺨을 부비부비.

"떨어져! 나는 그런 취미는 없어! 그리고 왜 위험한 일을 하려면서 고맙다는 말을 하는 건데. 영문을 모르겠네."

"나를 믿어줘서 기뻐!"

"처음부터 의심도 안 했어……. 어쨌든 안에 들어가면 내 지시에 따라야 해."

"······ 아, 그건 안 돼."

나는 재빨리 아이짱의 몸에서 손을 떼고는 손으로 X자 표시를 만들어 아이짱의 코앞에 내밀었다.

"상황 전환 빨라! ······ 왜, 제멋대로 하라고 허락한 건 아니야."

"그게 아니라 안에 들어가는 건 나랑 느와르, 벨, 블랑까지 네 명. 아이짱은 여기서 기다려."

"뭐라고!"

아이짱은 X자 표시를 난폭하게 쳐내고는 눈을 치켜뜬다.

그때, 느와르가 한발 앞으로 나와 내 머리를 가볍게 쓰다듬고는,

"나도 아이에프가 남았으면 좋겠어. 만일을 대비해서 컴파랑 같이 여기서 상황을 살펴줬으면 해."

그렇게 말하고는 아이짱에게 "미안해"라고 고개를 숙인다.

나도 같은 마음이었기 때문에 함께 고개를 숙인다.

"만약 우리가 몇 시간이 지나도 나오지 않으면 선생들과······ 그리고 잇승한테도 전해줘야겠지? 그땐 아이짱이 있는 게 좋을 거야."

"넵튠이 간만에 머릿속 회로가 제대로 연결된 말을 하잖아. 다시 봤어. 그러니까 부탁해 아이에프."

"하, 하지만······ 계속 여기에 있으면 남들도 눈치챈다고······."

아이짱은 포기하지 않고 말한다.

그러자 느와르가 생긋 웃으며 말했다.

"그건 걱정하지 마, 좋은 생각이 있어."

그리고 10분 뒤.

"오오 귀엽네요! 저 한번 쯤 이런 옷 입어보고 싶었어요!"

"이 무슨 굴욕인가……. 왜 내가 이런 옷을 입어야 하
는데!"

거기에는 메이드복으로 갈아입은 컴파와 아이짱의 모
습이.

메이드복을 입은 둘의 반응은 정반대다.

예전부터 귀여운 걸 좋아했던 컴파에게는 포상 같은 걸
까? 가게 종업원이 일부러 준비해 준 큰 거울에 비치는 자신
을 보고 순수하게 기뻐하고 있다.

하지만 아이짱한테는 굉장한 수치 플레이인 듯, 귀 끝까지
빨개졌다.

"둘 다 어울리네. 이거라면 눈에 띌 염려도 없고."

느와르가 그런 두 사람을 보고 의기양양하게 말한다.

느와르가 생각한 '좋은 생각'은 컴파와 아이짱이 잠시 이
메이드 카페의 메이드가 되어 일을 도와주면서 학장이 있는
'호러 저택'을 감시하는 것이었다.

확실히 이거라면 계속 여기에 있어도 눈에 띄지 않는다. 나이스 아이디어.

"그럼, 여기는 둘에게 맡기고 슬슬 가볼까요? 컴파씨, 뒷일은 잘 부탁해요."

"알았어요……. 하지만 무모하게 행동하면 안 돼요. 위험할 것 같으면 바로 도망치고요. 조심해서 다녀오세요."

"…… 예쁘네. 후기 축제에서 동인지를 팔 때…… 그 모습으로 책을 팔아 줘."

"싫어! 정말이지! 계속 그렇게 빤히 보지 말라고! 갈 거면 빨리 가!"

아하하하. 아이짱, 오랫동안 원한이 남을 것 같은데.

이걸로 이쪽은 오케이, 멋지게 말하자면 '뒤를 돌아볼 걱정을 덜었다' 인가?

"그럼 다음에는……."

빨리도 손님에게 둘러싸여 사진을 찍히는 두 사람을 바라보며 잇승에게 받은 검을 꼭 쥔다.

그때 다시금 느꼈다.

검은 지금이라도 멋대로 움직여 나를 끌고 가려는 게 아닐까 라고 생각될 정도로 서두르고 있다는 걸.

"그럼, 마녀가 기다리는 어둠의 던전으로 돌격!"

머리 위로 검을 들어 올리고 외쳤다.

"모두들 기억해 두라고! 돌아오면 죽었어!"

…… 응원이 아닌 아이짱의 저주를 들으며.

어라? 이 부분에서는 따뜻하게 배웅해 줘야 되는 거 아니야?

IV

"네, 네 명이죠? 그럼 조심하세요."

"저택 제일 안쪽에 있는 크리스탈을 만져서 저주받은 저택을 좀먹는 악령들을 쫓아내면 멋지게 클리어입니다."

입구에서 여자 스태프에게 티켓을 건네주고 호러 저택에 들어갔다.

스태프의 생글생글 웃는 모습을 보면 평범한 귀신의 집인 것 같다.

안으로 들어가니 당연히 어둡다. 곳곳에 달려 있는 전구가 겨우 발 밑을 밝혀줄 듯 말 듯~.

천장과 바닥에 박혀 있는 듯한 스피커에서는 음산한 BGM과 효과음이 울려 퍼져 긴장감은 발군.

"귀신의 집, 무서운 사람~."

어쩌다 선두에서 걷게 되니 긴장감에 빠지게 되네, 이거.

조금은 엉거주춤한 자세로 불안한 마음에 시선을 여기저기 돌려 봤다.

"걱정하지 말아요, 네푸네푸. 저는 좀비 게임은 나이프 한 자루로 클리어 할 정도로 철저히 공략하니까요."

바로 뒤에서 걸어오는 벨의 믿음직한지 아닌지 알 수 없는 격려(?)의 말을 들으며 안으로 나아간다.

이 앞에 기다리고 있는 건 이것도! 라는 클리셰의 퍼레이드.

안다고, 알고 있다니까? 확실히.

목덜미에 차갑게 느껴지는 감촉이 사실은 실로 매단 곤약이라는 것도.

갑자기 그늘에서 덮쳐오는 것들이 여자애들이 타겟이라는 걸 알고 쓸데없이 힘내는 남자들이라는 것도!

그래도, 그래도. 올 거라는 걸 알고 있어도 놀라게 되는 건 어쩔 수 없다고.

라고 말하자마자 거울에 비치는 피투성이 유령~~!

"이까짓 거, 애들 눈속임이자ㄴㅎ아ㅎㅎㅇㅇ~!"

느와르, 혀가 안 돌아가는구나.

"…… 모두들 …… 너무 무서워하네……."

블랑은 그렇게 말하면서 내 스커트 자락을 붙잡는다. 그렇게 꼭 붙잡으면 주름 잡힌다고, 주름.

역시, 그냥 아이짱이 잠입하는 게 좋았을지도 모른다는 생각을 1미크론 정도 하면서 우리는 놀래키는 사람들에게는 보람이 있는 반응을 보이며 호러 저택을 나아간다.

아, 참고로 "나이프 한 자루~"라고 용맹한 발언을 하셨던 벨 언니는 눈치채보니 마지막 줄에 서서 한 마디 말도 못하는 상태랍니다.

모두가 이렇게 덜덜 떨면서 나아갔기 때문에 갑자기 팍 하고 눈앞이 밝아지고 밝은 방의 벽에 볼링공 크기의 둥근 수정 구슬이 조명을 받으며 묻혀 있는 걸 봤을 때에는, 모두 "후우"하고 안도의 숨을 내쉬었다.

"저게 입구에 있던 애가 말한 크리스탈?"

"그런 것 같네요…… 저의 화려한 나이프 솜씨를 보이지 못한 건 유감이지만…… 빨리 클리어하죠?"

아니, 원래부터 나이프가 나설 자리는 없다고.

그런 게 나오면 그건 귀신의 집이 아니라 참극의 집이지.

생각보다 정신적으로 지쳐서인지 딴죽을 걸 기력도 없다.

"만질게요. 괜찮죠?"

뭐, 괜찮아. 이걸로 클리어하면, 빨리 끝내고 밖으로 나가자……. 어라? 우리 뭔가 중요한 걸 잊어버리지 않았나?

아, 그렇지! 귀신의 집을 클리어하는 게 목적이 아니잖아.

벨, 기다려~.

내가 밀을 길러고 하던 그 때.

"꺄아앗!"

기다리라는 말 대신 이상한 비명을 지른다.

"또, 또 뭐가 나왔나요?"

벨이 내 비명을 듣고는 크리스탈을 만지려다가 멈추고 돌아봤다.

그게 아니야. 내가 소리를 지른 건 괴물이 나와서가 아니야.

스태프를 놀라게 하지 않으려고 천으로 감싸 들고 왔던 검이 갑자기 뜨거워졌다.

"뭐야뭐야? 뭐지?"

당황해서 검을 감싸고 있던 천을 풀어 꺼내 본다.

그러자.

"어! 잠깐! 응? 오오오오!?"

검의 손잡이를 잡은 순간, 둥! 하고 보이지 않는 힘에 이끌리는 느낌이 들어 앞으로 고꾸라졌다.

아니야! 끌려가는 '느낌'이 아니라 실제로 끌려가고 있다고!

"어, 어, 어어어어!?"

검이 이끄는 대로 깨금발로 팔짝팔짝.

"…… 뭐야 그건? 새로운 승리 포즈?"

블랑, 어디가 승리 포즈처럼 보인다는 거야.

검은 나를 벨이 만지려고 했던 크리스탈로 데려가려는 것 같았다.

"위험하잖아요, 네푸네푸. 날붙이는 사람에게 향하는 거 아니에요."

벨이 내 앞에서 몸을 비켰다.

검은 힘을 더해 나를 끌고 간다. 크리스탈 앞까지 나를 끌고 가더니

"넵튠, 뭘 하려는 거야!?"

"몰라, 이 검한테 물어봐!"

검의 힘이 위로 쏠려 자동으로 검을 머리 위로 쳐들고 휘두르려는 자세가 된다. 이대로 내리치면 크리스탈은 두 동강이 나겠지.

설마, 이 크리스탈을 베라는 건가?

–맞아, 빨리 내리쳐!–

어라? 지금 그건…… 뭐지? 누가 나에게 말을 걸고 있어?

그 순간 찌릿찌릿한 느낌이 전에 없이 강해져 머릿속이 터지는 것 같았다.

동시에 내 손이 멋대로 움직여 검을 휘두르려고 한다.

하지만 검이 크리스탈에 닿기 직전에

"농담하지 말라고! 네 멋대로 방해하지 마!"

뒤에서 뭔가 무섭다고나 할까…… 깡패 같은? 성격 나빠 보이는 여자의 목소리가 들려 정신이 돌아왔다.

검 끝이 크리스탈에 닿기 직전에 멈춘다.

돌아보니 그곳에 서있는 건

"마제콘느 학장!"

느와르의 날카로운 말대로 입학식 때 본 그 아줌마······가 아니라 마제콘느 학장이었다.

마제콘느 학장은 뱀 같은 눈으로 우리를 바라보며 팔짱을 낀 채 서 있다.

게다가 복장도 굉장했다.

컴파가 쌍안경으로 확인했을 때 설명해 줬지만, 실제로 보니 그 충격은 상상을 뛰어넘었다.

전체적으로 검은색과 보라색이 섞인 의상이지만, 농담으로라도 수수하다고는 말할 수 없는 디자인.

모자에는 보라색 장미와 검은 깃털, 가슴이 뻥 뚫리고 어깨부분이 트인 드레스, 가시가 달린 가죽 벨트, 앞부분이 뾰족하게 튀어나온 부츠.

그리고 손에는 색색의 빛이 나는 작고 네모난 덩어리가 가득 모여 있는 기분 나쁜 지팡이를 들고 있다.

굳이 말하면 펑크라고 해야 하나······ 아니면 록?

하지만 학장이면 나이도 꽤 먹었잖아? 적어도 흘깃 보기엔 서른은 돼 보이는데 저런 차림새는 좀······.

"괴, 굉장히 보기 흉······ 아니 굉장히 기합이 들어간 복장이네요······."

쥐어짜내듯 겨우 말을 꺼내자 마제콘느 학장은 주변에도 들릴 정도로 이를 빠드득 갈더니,

"어디서 만나도 신경을 건드리는 말만 하는 녀석이군……. 정말이지 얼굴을 보기만 해도 짜증나!"

토해내듯 말한다.

거의 처음 보는 사람인데도 짜증이 나다니 무례한 사람이네.

하지만 내 생각은 아무래도 상관없는지 학장은 짜증내는 태도를 누그러뜨리지 않고 방 한가운데까지 걸어갔다.

"…… 무슨 속셈으로 왔는지 살펴보려 했더니만 갑자기 부수려 하다니, 어떻게 눈치챘는지는 모르겠지만."

지금이라도 빔을 발사할 것 같은 시선으로 나를 노려보며 말한다.

아무래도 살짝 돈 거 같다.

"하, 학장! 저희, 학장에게 물어보고 싶은 게 있어요. 괘, 괜찮을까요?"

그 제정신이 아닌 마제콘느 학장에게 정면으로 맞선 건 우리의 우등생, 느와르.

코스프레+끓는점이 낮은 학장 상대로 우리 마음 속 이성의 대표인 느와르는 제대로 존댓말로 이야기했지만

"느와르인가……. 뭐야 그 기분 나쁜 말투는……. 아 그렇지, 이쪽의 난 네겐 선생이었지? 안됐지만 나는 말해 줄 마음도, 가르쳐 줄 마음도 없다고!"

마제콘느 학장, 변화 없음!

거기다가 말을 거는 느와르를 무시한 채 손에 든 지팡이를 휘두르며 우리를 공격한다.

"잠깐, 잠깐!"

대답은 필요 없다는 건가, 칼슘이 부족한 것도 정도가 있지!

이유도 모른 채 공격당하는 건 참을 수 없어서 옆으로 뛰어 그 공격을 피했다.

바닥에 구르며 마제콘느 학장의 모습을 쫓자 학장은 얻어맞을 뻔한 나를 무시하고 그대로 벽으로 돌진한다.

거기에 있는 건 벽에 박힌 크리스탈. 아마도 목적은 처음부터 내가 아니라 저거였던 것 같다.

"아무것도 모를 거라고 생각했는데 위험했어. 어차피 그 녀석이 알려줬을 테지만 알게 된 이상 멀쩡하게 돌려보낼 순 없지."

벽에서 크리스탈을 빼낸 마제콘느 학장은 매끈한 표면에 손을 대고는 뱀 같은 눈으로 우리를 바라본다.

"네푸네푸, 느와르! 학장에게서 멀리 떨어져요……. 아무래도 제대로 이야기할 수 없을 것 같네요. 이 기척…… 역시나 잇승씨 말대로 학장은 뭔가에 홀린 것 같아요."

벨이 긴박한 목소리로 말했다.

나는 느와르가 내민 손을 잡고 일어나 검을 쥐고 다시 마제콘느 학장과 마주한다.

"역시 우리는 서로를 끌어당기는 운명인 건가. 그렇다면 이 저주받은 인연, 이번에야말로 끊어버리겠어!"

"운명이니 인연이니 도대체 무슨 소릴 하는 거에요? 우리 얘기를 들어 주세요, 학장!"

"말할 건 없다고 했을 텐데!"

위험해.

어엄─청 위험한 느낌이 들었다. 검을 타고 내 몸에 전해지는 그건, 나도 모르게 소름이 돋을 정도였다.

마제콘느 학장이 왼손에는 크리스탈, 오른손에는 지팡이를 들고 한 걸음 다가간다. 오른손의 지팡이가 천천히 올라가더니.

"흐아아압!"

기합인지 신음인지 알 수 없는 소리와 함께 떨어진다.

그러자 지팡이에서 발생한 충격파가 우리를 날려버린다!

"꺄아아아아!"

봐, 위험했지!

"이런 좁은 곳에서는 움직일 수 없어! 밖으로 나가자!"

느와르의 소리에 우리는 출구를 향해 뛰었다.

'호러 저택'은 크리스탈의 방이 종점이라 출구가 근처에 있는 게 다행이었다.

굴러가듯 밖으로 나가자 보통이 아닌 그 기세에 근처에 있던 손님과 학생들이 이상하다는 듯 이쪽을 본다.

"이 자식들! 여기는 위험하니까 빨리 도망치라고!"

마제콘느 학장의 무모한 행동에 분노 모드 스위치가 들어간 블랑이 주변에 들리도록 큰 소리로 외쳤다.

그 직후,

"놓치지 않아! 네 명 모두 한꺼번에 처리하겠어!"

분노 모드의 블랑도 새파래질 기백이 서린 마제콘느 학장의 목소리와 함께 다시 한 번 충격파가 등 뒤에서 덮쳐와 우리를 공중에 내던졌다.

"우와아아아! 너무 심한 거 아니에요. 학장! 이래서야 뭔가를 패러디할 여유도 없다고요!"

태풍에 날리는 나뭇잎처럼 우리는 아래위로 휘청휘청, 회전 롤러코스터를 타는 것과는 비교도 안 될 정도로 눈앞이 빙빙 돈다.

이 상태로 땅에 떨어지면 아무리 버튼 연타를 하더라도 삐약삐약빙글빙글 상태겠지.

무방비 상태로 콤보를 엄청 맞으면 KO 확정! 게임 오버!

그럼 안 되지, 절대로…… 어쩔 수 없지, 이렇게 되면!

"느와르! 벨! 블랑! 변신이야!"

외침과 동시에 내 주변에 세 개의 빛이 반짝이는 게 전해진다.

나도 가슴 속에 소용돌이치는 파워에 몸을 맡긴 채 눈을 감고 정신 집중!

변한다…… 변해라!

간절히 기원하며 눈을 뜨자 파워가 작렬한다! 여신화,
왔다!

이스투아르 기념학원 고등부 1학년. 에이전트
양성과 소속. 시원스러운 성격. 학원 내의 정보에
밝다.

006

아이에프

BOSS BATTLE

라스트 배틀

지금까지 무질서하게 돌고 있던 시야가 한순간에 안정되고 평형감각을 되찾자 아래쪽에 있는 마제콘느 학장을 보며 외친다.

"싸운다고 하면 기쁘게 상대해 주지! 하지만 여기서 싸우면 학원제를 즐기고 있는 사람들을 방해하게 돼, 장소를 바꾸자!"

공중제비로 자세를 잡아 착지했다.

똑같이 느와르 일행도 변신을 끝내고 학장을 포위했다.

"변신하자마자 내려다보는 태도라니, 성격이 바뀌는 것도 같네, 퍼플하트. 정말로 하나하나 다 짜증나…… 블랙하트, 그린하트, 화이트하트…… 너희도 마찬가지야. 이 녀석도 저 녀석도 마음에 들지 않는다고!"

"퍼플…… 하트?"

갑자기 마제콘느 학장이 내뱉은 익숙한 단어를 입 안에서 되풀이해 본다.

"라고 생각했는데, 정말 바보 같군…… 뭐 됐어. 나한텐 그게 유리하니까."

한심하게 여기는 것 같기도 하고 깔보는 것 같기도 한 뭐라 말할 수 없는 표정을 지으며 학장은 말했다.

나는 목에 가시가 걸린 것 같은 위화감을 느꼈다.

그것보다 지금은,

"뭐지 저거? 여신후보들의 공연?"

"히어로 쇼인가? …… 저거 학장 아냐? 우와, 참고 보기 어려운 복장이네."

사태를 파악하지 못하고 호기심에 달려드는 녀석들을 어떻게든 해야 하는데……

"구경거리가 아니라고! 진짜로 위험하니까 빨리 도망쳐! 말을 안 들으면 한꺼번에 날려줄 테니까!"

여전히 블랑이 큰 소리로 외쳐 보지만 효과는 없다.

오히려 그 소리에 이끌려 사람들이 늘어나기만 했다.

"왜 그러지 여신들? 변신해서 바로 덤비지 않고. 이래서야 공격하기 어려울 것 같은데."

마제콘느 학장이 코웃음을 친다.

장소를 바꿀 마음은 없는…… 건가. 아무 상관 없는 사람들이 모이면 모일수록 우리가 공격하기 어려워지는 걸 알고 있다.

"오지 않는다면 내가 먼저 공격해 주지! 공교롭게도 나는 관객이 많을수록 기합이 들어가거든!"

…… 크윽, 역시!

어떻게 공격해 올까? 방어태세를 갖춘 우리 앞에 마제콘느 학장이 왼손에 들고 있던 크리스탈을 하늘로 들었다.

그러자 무색 투명하던 크리스탈이 학장의 목소리를 들은 순간 칠흑으로 바뀌더니 학장을 중심으로 지면이 소리를 내며 갈라진다.

그 갈라진 틈에서 무언가가 기세 좋게 튀어나온다.

…… 저건…… 손!? 그리고 저건 머리!?

"저, 저건 뭐죠!?"

놀라운 광경에 벨이 허둥대며 말한다.

무리도 아니다. 나 역시 모르는 새 터져 나오는 비명을 삼킬 정도였으니까.

학장을 중심으로 갈라진 틈이 점점 늘어난다.

순식간에 셀 수 없을 정도로 늘어난 틈에서 나타난 건…… 아무리 봐도 사람의 모습이었다.

마치 좀비영화. 인간이 계속해서 땅에서 나오고 있어!

"아하하하하! 놀랐나? 이 녀석들은 이 '와레즈 크리스탈'에 닿은 인간들의 복제다!"

"복제!?"

"그래, 복제, 카피. 그 말 그대로지! 이거야말로 나의…… 대마녀 마제콘느의 힘이다! 네가 좋아~하는 게임 데이터처럼 몇 개라도 복제해 늘릴 수 있는 부하들이지!"

사람의 복제라고!?

나는 크리스탈의 검은 빛과 함께 지면에서 나타난 것들을 다시 한 번 자세히 본다. 확실히 대부분이 우리 학교 교복을 입고 있다. 그래서 알아챘다. 저건 '호러 저택'에 들어간 사람들이다.

그들은 아무것도 모른 채 학장이 준비한 놀이기구를 즐긴 뒤 클리어하기 위해 골인 지점에 설치된 크리스탈을 만진다. 그리고 그때 크리스탈에 숨겨진 신비한 마력으로 육체의 데이터가 복사된다……

"멍하니 있어도 괜찮나 여신후보님들? 복제라는 건 한번 퍼지면 끝장, 계속해서 새로운 복제를 만들어 늘려가는 거라고! 이렇게!"

말하자마자 마제콘느 학장이, 크리스탈을 쥔 손을 내린다.

그게 신호였을까, 생겨난 '복제인간'들이 일제히 행동을 시작한다. 근처에 있는 구경꾼들을 공격하는 최악의 형태로!

"어? 뭐야 이건?"

"본격적인데."

위기감이라곤 느껴지지 않는 이야기를 하며 복선을 세운 몇 명인가가 이유도 모르는 채 복제인간에게 둘러싸여 떠밀린다.

이변을 눈치채고 재빨리 복제인간을 피하려고 하지만 금세 온몸에서 힘이 빠지고…… 이윽고 움직임을 멈춘다.

그리고 움직이지 않게 된 사람의 발밑 지면이 갈라지고, 거기에서 공격당한 사람과 같은 새로운 복제인간이!

새로운 복제인간은 다시 다른 사람을 공격하고, 그리고……

여기까지 진행되자 우리와 학장이 히어로 쇼를 하는 게 아니라는 걸 알게 된 구경꾼들이 비명을 지르며 도망간다.

비명은 비명을 부르고, 대혼란으로 확대되기까지 몇 초 걸리지 않는다.

"그러니까 도망치라고 했잖아요!"

"사람 말 좀 들으라고!"

벨과 블랑이 창과 도끼로 구경꾼들에게 몰려오는 복제인간을 쓰러뜨리지만 안타깝게도 숫자가 너무 많다.

"안되겠어, 끝이 없다고!"

"약한 소리 할 틈이 있으면 손을 움직여 느와르!"

"너한테 그런 말 듣고 싶지 않은데!"

나와 느와르도 이 이상 피해가 나오지 않도록 계속해서 무기를 휘둘렀다.

복제인간들은 우리의 공격을 받으면 그림자가 흔들리는 것처럼 사라져 버리지만 마제콘느 학장은 그걸 소리 높여 웃으면서 보고 있었다.

"자아, 열심히 하지 않으면 점점 복제가 늘어난다고?"

여유만만한 목소리라 화가 난다.

조금만 더 모여서 도망가 준다면 대책을 세울 수 있겠는데!

분한 마음으로 있으려니,

"여러분! 여기에요! 이쪽으로 도망쳐 주세요!"

"흩어지지 말고! 당황하지 말고!"

혼란스러워하는 사람들의 머리 위에서 휴대용 마이크로 증폭된 컴파와 아이짱의 목소리가 퍼진다.

저도 모르게 고개를 돌려 봤지만, 혼잡한 인파 속에 두 사람의 모습은 보이지 않았다.

그래도

"네푸네푸! 손님들의 피난은 우리가 맡을게요! 네푸네푸는 안심하고 싸워 주세요!"

"듣고 있지! 상황은 대충 파악했어! 이쪽은 걱정 말라고!"

사람들의 피난을 유도하는 지시 사이로 계속 장소를 바꿔 가며 들려오는 두 사람의 목소리는 우리에게 있어서 그 무엇보다도 든든한 아군이었다.

실제로 컴파와 아이짱이 유도를 시작하자 흩어져 있던 사람들의 움직임이 한데 모여 하나의 커다란 흐름이 되었다.

필연적으로 그걸 쫓는 복제인간들의 움직임도 변한다.

아무래도 저 복제인간들은 맹목적으로 돌진하는 것 밖에 모르는 것 같다.

"패턴이 보이네요. 이거라면 좀비 게임과 다를 바 없죠. 나이프 한 자루로는 어림없겠지만요!"

"이거라면 막을 수 있어! 넵튠, 블랑, 엄호를!"

"말하지 않아도 알아! 그렇게 지시하지 말라고!"

우리는 도망가는 사람과 복제인간 사이를 벽이 되어 막는다.

눈을 감고 있어도 휘두르면 맞는다. 맞으면 적은 쓰러진다. 그런 상황이었다.

드디어 잇승에게 받은 검을 휘두를 기회를 얻은 나는 내 마음과 검이 이끄는 대로 베고 베고 또 벤다.

하지만 마제콘느 학장도 가만히 있지만은 않는다.

그녀의 손에 있는 크리스탈은 여전히 검은 빛으로 가득 차 계속해서 복제인간을 만들어낸다.

학원제가 시작하고 지금까지 얼마나 많은 사람이 복제를 당했을까? 생각하기도 싫어진다.

이대로라면 끝이 없어. 근본을 없애야지!

"학장! 이런 좀비 같은 부하에게 의지하지 말고 나와 직접 승부를 내겠어? 아무래도 나를 눈엣가시로 생각하는 것 같은데, 그러면 더더욱 자신의 손으로 결판을 내야 하는 거 아닌가?"

다가오는 복제인간을 베어 날리며 말했다.

밑져야 본전.

당연히 무시당하리라 생각했지만.

"1대1로 승부하자는 건가? 재미있겠는데."

의외로 마제콘느 학장은 내 말을 받아들였다. 도발이라는 걸 눈치챘을 수도 있지만……

학장이 왼손의 크리스탈을 손 안에 쥔다. 손에 가볍게 입김을 불고 다시 편 순간 크리스탈은 흔적도 없이 사라져 버렸다.

그리고 그때까지 무한히 솟아나오는 게 아닐까 생각한 복제 인간들도 순식간에 한 명도 남지 않고 공간 속으로 녹아내리 듯 사라져 버렸다.

방금 전까지의 소동이 거짓말처럼 느껴질 정도로 기분 나쁜 고요함이 우리를 감싼다.

"…… 그럼, 방해꾼은 없애 버렸어. 우리를 막는 건 아무것도 없고. 소원대로 일대일로 할 테니까, 어디 덤벼 보시지?"

양팔을 벌리고는 마치 나를 환영하는 것처럼 말했다.

"조심해 넵튠, 무슨 속셈인지 알 수 없다고!"

블랑이 말하지 않아도 알아.

나는 방심하지 않고 검을 들고 잠시 상황을 살핀다.

"왜 그러지? 오지 않는 건가?"

여유로운 학장의 모습이 신경 쓰인다. 하지만 언제까지나 이렇게 서로 마주보고 있어서야 사태가 해결되지 않는다.

나는 크게 심호흡을 하고 마음을 가다듬은 뒤, 검 끝에 모든 의식을 집중하고 한 발 나아간다……. 그랬을 텐데.

(…… 어?)

갑자기 시야가 어두워진다. 그걸 시작으로 몸속에 엉겨붙는 위화감.

내딛던 다리가…… 무겁다. 갑자기 강철로 된 신발을 신은 것 같았다.

다음으로 덮쳐오는 건 격렬한 탈력감. 전신의 힘이 한 번에 빠지는 것 같은 느낌에 그 자리에 무릎을 꿇는다.

"큭큭큭, 아무것도 눈치채지 못하다니, 바보같긴!"

금방이라도 정신을 잃고 쓰러질 것 같은 나를 내려다보며 마제콘느 학장은 웃었다.

"이건…… 도대체…… 무슨……."

"너희는 처음부터 내 술법 안에 있었다는 거지……. 또 하나의 마도구 '그래픽 열화 지팡이'의 술법에!"

우쭐해진 마제콘느 학장이 오른손에 있는 기분 나쁜 지팡이를 내밀었다.

"너희는 이미 이 지팡이가 뿜어내는 저주의 파동을 받고 있어. 그것도 두 번이나! 이젠 시간문제겠지만……. 흐음, 아직도 머리를 움직일 힘이 남아 있으면, 친구들의 모습을 봐 두라고."

그 말에 좌우를 둘러본 난 말을 잃었다.

"뭐야 이건……."

내 오른쪽에 똑같이 무릎을 꿇고 있는 느와르. 그녀의 흘러내리는 은발이 울퉁불퉁한 작은 블록이 붙어 일그러진 헬멧 같은 덩어리가 되어 있다.

왼쪽의 벨과 블랑도 비슷한 상황이었다.

"몸이…… 굳어서…… 움직일 수 없어요."

벨이 자랑하던 그 풍만한 가슴은 사각형 블록으로 변해 있다.

"이런 짓을…… 하다니……"

블랑이 괴로운 듯 숨을 쉬며 질질 끌고 있는 건 필살의 도끼…… 였겠지만, 날이 망가져 무기라고 할 수도 없었다.

"근사한 모습이잖아, 여신님들. 지팡이의 저주는 어때? 부드러운 피부의 아름다운 HD 여신도 어쩔 수 없군. 도트 처리라는 건 꽤나 지독한데."

마제콘느 학장이 뾰족 튀어나온 부츠 끝으로 내 어깨를 찬다.

찼다고 해도 가볍게 미는 정도였지만 나는 아무 저항도 하지 못하고 바닥에 쓰러진다.

"정말이지, 이쪽 세계의 내가 부자 학교의 학장 선생이라 운이 좋았어. 적당히 교육자인 척 하면서, 썩을 정도로 남아도는 돈을 사용해 세계를 돌아다닌 보람이 있었지. 너희의 이런 비참한 모습을 볼 수 있으니까!"

"마제…… 콘느!"

"이제 제대로 걷지도 못하겠지? 이대로 지팡이의 저주로 전신이 도트 덩어리가 되는 걸 지켜보는 것도 즐겁겠지만…….
네가 말한 대로 마지막 결판은 내가 직접 내 주겠어!"

마제콘느 학장이 왼손을 휘둘렀다.

손톱이 마치 잘 벼린 나이프처럼 날카롭게 솟아나는 게 보이지만 나는 들리지 않는 비명을 지르며 헛되이 올려다볼 수밖에 없었다.

"끝이다 퍼플하트! 너에게 받은 굴욕! 지금 끝내겠어!"

안돼! 당한다!

나는 한심하게도 그 공포에 못 이겨 눈을 감았다. 하지만,

"그만하세요!"

키잉! 귀를 찌르는 최대 볼륨. 한순간 의식이 날아갈 버릴 것 같은 대용량으로 컴파의 목소리가 머리에 울린다.

"더는, 네푸네푸에게! 나쁜 짓을! 하·지·말·아 주세요오오!"

"으아앗! 고막이 터질 것 같잖아! 누구야 저 바보는!"

내 숨통을 끊으려고 했던 마제콘느 학장도 손을 멈칫했다.

그 틈을 타 이쪽으로 달려오는 발소리.

"네푸네푸! 괜찮아요?"

챙그랑, 무언가 떨어지는 소리가 나고는 학장에게서 얼굴을 돌린 내 눈 앞에 두 개의 휴대용 마이크가 굴러다니는 게 보였다.

뒤를 이어 등에 손이 닿는 감촉. 간신히 움직여 고개를 돌리자, 컴파가 있었다.

"컴파…… 왜…… 돌아오면…… 안돼……. 도, 도망쳐……"

"걱정하지 않아도 돼요, 네푸네푸. 내가 왔으니까 안심하세요."

"바보…… 부탁이니까…… 내 얘길……."

내 얘길 들어.

빨리 여기서 도망가.

어떻게든 그 말을 전하려 했지만 입이 움직이지 않는다.

말을 할 수 없다면 힘으로라도 전하려고 팔을 들려 하지만 말도 안되게 무겁다. 손끝부터 조금씩 저주의 효과인 이변이 손을 침식하고 있다.

어떻게 해야 하지? 이대로라면 컴파도…….

하지만 이런 때에 컴파는 나를 향해 싱긋 웃고는…… 정말로 여느 때와 같이 미소짓고는,

"기다려 주세요."

살짝 내 몸을 바닥에 앉히고,

"학장님, 부탁이에요. 이제 그만 해 주세요."

도망가기는커녕, 나와 마제콘느 학장 사이를 막고 서 있었다.

"응? 무슨 잠꼬대를 하는 거지? 너 바보니?"

"학장님이 왜 네푸네푸에게 나쁜 짓을 하는지 저는 잘 모르겠어요……. 하지만 어떤 이유가 있다고 하더라도 다친 친구가 나쁜 일을 당하는 건 절대로 그냥 넘어갈 수 없어요!"

컴파는 결연하게 말하고 자신의 양팔을 벌렸다.

우리를 지켜주려 하고 있다.

하지만…… 하지만 컴파 혼자서 아무리 강하게 생각해도 마음만으로는 학장을…… 아니 마녀를 막을 수 없어!

부탁이야, 컴파.

네 마음은 알고 있어, 알고 있으니까 빨리 도망쳐!

"너는…… 컴파라고 했나. 비키라고, 나는 너에게는 눈곱만큼도 관심이 없으니까. 얌전히 물러나면 특별히 너는 봐주지."

"싫어요! 저는…… 간호사가 될 거에요. 간호사가 다친 사람을 놔두고 갈 순 없어요. 학장님이 이 이상 네푸네푸를 괴롭히지 않겠다고 약속할 때까지 절대로 움직이지 않을 거에요!"

컴파, 안돼!

"하지만 저에게는 학장님을 물리칠 만한 힘은 없어요. 그러니까 그 대신…… 만약에 학장님이 네푸네푸랑 모두를 구해준다면 저는 학장님의 부하든 뭐든 되겠어요. 나, 나쁜 일도 할 거에요……. 그러니까, 그러니까 더는 모두를 괴롭히지 말아주세요!"

떨리는 목소리로 컴파는 말했다.

목소리뿐만이 아니다.

손도 발도, 아니 온몸을 덜덜 떠는 걸 알 수 있다. 힘겹게 이야기하는 게 훤히 보인다. 너는 화가 날 정도로 다정하고 사람이 좋고 울보니까…… 나쁜 짓을 할 수 있을 리 없잖아!

그런데 우리를 위해서 무리해가며…… 고집을 부리고.

컴파, 제일 소중한 친구. 둘도 없는 친구…….

"수작부리지 마! 한 번 더 말하지, 비켜!"

"안돼요!"

"후회해도 소용없다고!"

마제콘느가 다시 날카로운 손톱을 휘둘렀다.

컴파, 컴파를 지켜야 해!

"안돼에에에!"

나는 마지막 힘을 다해 일어나 컴파를 옆으로 들이받았다.

"네푸네푸!"

휘청거리는 컴파가 내 시야에서 사라져 간다.

대신 눈앞에 들어온 건 악마 같은 얼굴을 한 마제콘느,

—퍼억

하고 충격이 왔다.

몸 가운데에 타는 듯한 열이 느껴진다.

"네푸네푸!"

컴파의 절규가 들리고, 의식이 멀어져 갔다.

*

어라? 여긴 어디지?

정신을 차려보니 나는 아무것도 없는 어둠 속에 있었다. 상
하좌우, 어디를 둘러봐도 아무것도 보이지 않아.

나는 왜 여기 있지?

으음~? 기억을 되짚어본다.

확실히 무섭다고나 할까 완전히 어딘가로 가버린 학장을 상
대로 싸우고…… 그리고 어떻게 됐더라?

기억이 잘 안 나네.

어쩔 수 없이 나는 어둠 속을 한 걸음 내딛는다.

슬금슬금…… 진짜 싫다. 뭔가 이상한 걸 밟으면 어떻게 하지.

"저기, 누구 없어? 새까매서 아무것도 안 보여. 특전이 붙은 한정판 패키지나 레어 피규어를 밟아도 모른다?"

…….

…… 어라?

어쩐지 아~주 오래 전에 어딘가에서 비슷한 이야기를 한 것 같기도 하고 아닌 것 같기도 하고.

그럼, 어디에서?

손으로 턱을 괴고 멈춰 서서 고개를 갸웃하던 그때였다.

갑자기 어두운 세계에 균열이 일어나 유리가 깨지는 것처럼 암흑이 사라졌다! 떨어져 내리는 어둠 저편에 빛이 넘쳐흐른다.

"네, 네풋!?"

깜짝 놀라 그 자리에서 팔짝 뛴다.

나는 거기서 봤다.

빛 속을 달려가려 하는 누군가의 뒷모습.

그 모습을 자세히 보고는 또 놀란다.

저건…… 나잖아! 그것도 변신한 나야.

응? 무슨 일이지? 내가 나를 보고 있는 거야?

"저, 저기! 기다려 줘!"

나는 나를 쫓아 달리기 시작했다.

하지만 내 앞에서 달리는 나는, 나인 주제에 기다리라고 말해도 멈출 생각도 안 하고 달려가 버린다.

정말로! 내 말 좀 들으라고, 나! 근데 나, 나라니, 머리가 터질 것 같아!

이렇게 된 거 쫓아가겠어!

이상한 사명감이 생긴 나는 나를 쫓아갔다.

그러자 이상한 일이 일어났다.

나를 쫓는 내 눈앞에 계속해서 마치 영화를 보는 것처럼…… 아니, 롤플레잉 게임을 하는 것처럼 몇 개인가의 단편적인 영상이 떠올랐다가 사라져 간다.

그건 내 이야기였다.

처음에 떠오른 영상 속의 나는 왜인지는 모르겠지만 변신한 느와르와 벨, 블랑에게 당하고 있었다.

곧바로 영상이 바뀐다.

다음 영상의 나는 역시, 라고 말해야 할지는 모르겠지만, 기억상실에 걸려 컴파에게 도움을 받은 것 같다. 붕대도 감고 있다.

또 다음 영상.

아, 저건 아이짱이야!

어딘가의 동굴 속에서 아이짱과 만난 나와 컴파는 세 명이 모험의 여행을 나서기로 했다. 그것도 세계를 구하는 여행을.

뭐야 이거, 정말로 게임 같네.

영상은 그 뒤에도 달려가는 내 앞에 계속해서 떠올랐다가는 사라진다.

그것은 피가 들끓는 대모험의 연속.

몇 개인가의 대륙이 하늘에 떠 있는 신기한 세계에서 우리는 몰려오는 몬스터를 베어서는 던지고, 베어서는 던지고 대활약.

하지만 이상하게도 가는 곳마다 느와르와 벨, 블랑이 우리를 방해하는 거야.

"넵튠! 너를 쓰러트리겠어!"

라고 진지하게 공격하니까 참을 수가 없네. 너희, 적 캐릭터라는 설정이니?

다시 영상이 변했다.

오오, 의외의 진실! 느와르 일행이 우리를 방해한 건 나쁜 마녀 마제콘느에게 속아서라고 해.

어라? 마녀? 학장이 아니라?

하지만 잘 보면 마제콘느의 모습이 학원제에서 공격할 때의 학장과 같은 차림이라 재미있다.

오오? 마녀한테 속았다는 걸 알게 된 모두가 동료가 돼 준다고?

응응, 역시 우리는 사이좋은 게 어울려.

그럼 여기서 반격 개시. 힘내서 마지막 전투로 가 보자!

그리고 이 때 나는 깨달았다.

어느새 나를 뒤쫓고 있던 나와 영상 속의 내가 하나로 합쳐져 있다는 걸.

나는 발을 멈췄다.

영상 속의 나는 거대한 드래곤으로 변한 마제콘느를 해치우고 드디어 세계의 평화를 되찾았던 것이다!

꺄아 역시 나! 멋져!

대단원의 막을 지켜보며 즐거워하는 순간, 그걸 마지막으로 갑자기 영상이 사라졌다.

남아있는 건, 나와…… 또 다른 나.

등을 돌리고 서 있던 또 다른 내가 천천히 고개를 돌린다.

"나는…… 누구야?"

나는 결심을 하고 또 다른 나에게 물어봤다.

"나는…… 혁신하는 보랏빛 대지·플라네튠을 수호하는 여신. 퍼플하트."

"뭐어? 퍼플? 너는…… 나잖아?"

"…… 그래. 나는 너. 너는 나. 하지만 다른 세계에서야. 지금 너는 나와 기억을 공유하고 있어. 네가 엿본 건 무수히 존재하는 평행세계 중 하나의 내 기억……."

"펴, 평행세계인가요? 내 주제에 어려운 걸 척척 말하네. 조금 의외인데."

솔직히 또 하나의 내가 무슨 소리를 하는지 잘 모르겠어…….

"우리는 힘을 합쳐 세계의 평화를 위협하는 마제콘느를 쓰러뜨렸어. 하지만 네 여신이 힘을 모을 때 생긴 막대한 에너지가 본래대로라면 섞여서는 안될 두 개의 세계를 연결해 구멍을 만든 거지."

"세계를 연결하는…… 구멍?"

"그래……. 그걸 알게 된 마제콘느는 마지막에 의식체가 되어 그 구멍으로 뛰어들어 다른 세계로 도망쳤어. 미안해, 우리 세계의 마제콘느가 너희를 괴롭혀서……."

그렇게 말한 뒤 또 다른 나는 눈을 내리깔았다. 하지만 곧바로 고개를 들고는

"하지만 다행이야, 잇슝을 통해 네게 내 일부를 맡겼으니까."

또 다른 나는 손에 든 검을 나에게 내밀었다.

이 검은 전에 내가 잇승에게 받은 검? 그건 원래 또 다른 내 것이었나?

"그리고 즐거웠어. 다른 세계의 나도 친구를 소중하게 생각하는 여자아이고, 느와르, 벨, 블랑과도 사이좋게 지내고 있다는 걸 알아서. 즐거웠어."

"퍼플하트……."

"그런 너를 믿고 학장에게 씌어버린 이쪽의 마제콘느를 부탁할게. 괜찮아. 너라면 꼭 해낼 거야. 너는 나잖아? 내가 보증할게."

그리고 나는 기억이 났다.

그렇지. 나는 컴파를 마제콘느 학장의 공격에서 감싸려다가……

"아, 저기 믿어주는 건 고마운데, 우리 지금 핀치에 몰렸다고. 어쩌구 저주의 지팡이 때문에."

"걱정하지 마. 내 힘을 조금 빌려줄게. 이 검은 우리 세계의 검. 이 검을 통해서 저주의 힘을 억제해 줄게."

"그런 게 가능해!?"

"응, 이 세계의 나는 굉장하다고. 뭐니 뭐니 해도 여신후보가 아닌 진짜 여신님이니까."

또 다른 내가 검을 넘겨준다.

나는 그걸 꼭 쥐고 고개를 끄덕였다.

"알았어! 나에게 부탁을 받으면 거절할 수 없네. 그 의뢰, 받아들일게!"

"후후…… 과연, 이래야 나지……. 자, 일어나 넵튠!"

강한 목소리로 또 다른 내가 말했다.

*

"…… 그 의뢰, 받아들일게!"

자신의 목소리에 정신을 차렸다.

나는…… 지금까지 뭘 했지?

뭔가 긴 꿈을 꾼 것만 같다.

"퍼플하트! 네놈…… 어째서!"

몽롱한 의식이 갑자기 들려온 소리에 각성했다.

이 목소리는 마제콘느!

"네푸네푸! 검을! 검을 봐 주세요!"

이번엔 컴파의 목소리?

그렇지 컴파! 나는 마제콘느에게서 컴파를 구하기 위해……

"네푸네푸! 검! 검이요!"

머릿속에 전격이 울리는 듯한 느낌이 들었다. 나는 자신이 처해 있는 상황을 확인한다.

검. 맞아, 검이야.

무의식중에 나는 검으로 마제콘느의 공격을 피한 것 같았다.

다시 시선을 검으로 돌리고 눈을 크게 떴다.

빛나고 있다. 희미하고 아름다운 보라색 빛이 검 전체를 감싸고 있었다.

그 빛을 본 순간, 나는 모든 걸 떠올렸다.

꿈이 아니었어!

"어째서지! 어째서 그 검은 저주로 열화하지 않는 거지?"

마제콘느가 당황한 듯 외쳤다.

나는 말했다.

"이건 아주 먼 곳에서 내가 당신을 쓰러뜨릴 때 사용한 검! 혁신하는 보랏빛 대지·플라네튠을 수호하는 여신, 퍼플하트의 검이야!"

이번에는 마제콘느가 눈을 커다랗게 뜰 차례였다.

"너…… 설마! 저쪽 세계의 기억이!?"

"놀이는 끝났다, 마녀 마제콘느!"

나의 소리와 함께 검은 빛을 더해간다.

이번에는 검뿐만이 아닌 내 전신을 감쌀 정도로.

그 빛이 울퉁불퉁한 블록으로 변해가고 있던 내 몸을 치유해 준다. 또 다른 내가 말한 대로 저주의 힘을 봉인하고 나에게 힘을 준다!

"계속…… 계속, 이 검 속에 숨어 있었던 건가! 잘도……
잘도!"

마제콘느가 그 자리에 멍하니 서서 말했다.

그러자

"지, 지금이에요! 에에잇!"

그 틈을 노린 컴파가 마제콘느의 오른팔을 향해 달려들
었다.

나조차도 의표를 찔린 타이밍, 내게 정신이 팔린 마제콘느
의 손에서 저주의 지팡이가 떨어진다.

"당, 당했다!"

"해냈어요! …… 아이짱!"

하늘을 날아가는 지팡이.

"돌려줘! 그건 내가!"

마제콘느가 당황한 표정으로 손을 뻗는다. 하지만 그 손이
다시 지팡이를 쥐는 일은 없었다.

마제콘느가 지팡이를 잡는 것보다 빠르게,

"잘했어 컴파! 굿잡, 굿잡!"

마제콘느의 등 뒤에서 날아온 갈고리 달린 체인이 지팡이를
잡았다.

완전히 마제콘느에게는 사각인 자리에 어느샌가 아이짱이
한쪽 무릎을 세우고 대기하고 있다.

체인은 아이짱의 손에서 뻗어 나왔다.

"조금 아슬아슬했지만 멋지게 작전 성공, 과연 나라니까. 하면 되는 아이."

멋지게 지팡이를 낚아챈 아이짱이 씨익 웃으며 나타났다.

"네놈! 처음부터 그럴 생각으로!"

"지금 눈치채도 늦었어! 그럼 아이짱!"

"알았어!"

아이짱이 지팡이를 손에 쥐고는 다시 한 번 지팡이를 공중에 던진다. 그걸 뒤쫓는 것처럼 뛰어오르더니 눈이 번쩍 뜨일 정도의 돌려차기를 먹였다.

지팡이가 일격에 두 조각이 나 바닥에 뒹굴었다. 그 중 한 조각을 노리고 아이짱이 발을 모아 모든 체중을 싣고 내려온다.

요란한 소리를 내며 지팡이의 파편이 주변에 흩어졌다.

"네놈!"

마제콘느가 분노에 몸을 떨고는 왼손을 하늘로 향한다.

"아직이다! 그래픽 열화의 지팡이가 없어도, 나에게는 와레즈 크리스탈이 있어!"

위로 뻗은 손 안에서 다시 모습을 드러낸 크리스탈이 땅 아래에서 무수한 복제인간을 만들어낸다.

하지만,

"그런 잔챙이들을 불러봤자 소용없어!"

그 목소리와 함께, 달려온 한 줄기 바람이 복제인간들을 날려버린다.

느와르다!

"아이짱이랑 컴파는 제가 안전한 곳으로 옮길게요. 걱정하지 마세요."

벨!

올려다보니 긴 창자루에 컴파와 아이짱을 매달고 날아가는 벨의 모습이 보였다.

"시시한 저주나 걸고! 절대로 용서 못해!"

블랑!

완전히 원래의 모습을 되찾은 메가톤급 도끼날이 내 옆을 스쳐간다.

일격!

마지막까지 마제콘느를 지키는 것처럼 서 있던 복제인간이 한 방에 사라졌다.

남은 건……

"이걸로 끝이야! 각오해라!"

나와 마제콘느 사이를 가로막는 건 아무 것도 없다.

빛나는 퍼플하트의 검을 치켜들었다.

내 눈에는 선명하게 남아 있다. 또 다른 내가 다른 세계의 마제콘느를 해치웠을 때 사용한 필살기의 잔상이.

쓸 수 있어.

지금의 나라면!

이 일격으로 모든 걸 끝낸다!

"여긴 네가 있을 세계가 아니야! 네게 어울리는 곳으로 돌아가!"

"시, 싫어! 두 번이나 너에게 지는 건 싫어! 나는…… 나는, 이 세계에서……."

"아니, 쓰러트리겠어! 언제, 어느 때라도! 그게 세계를 지키는 여신의 사명! 다시 한 번 그 눈에 새겨두라고, 내게서 전수받은 필살오의!"

"시, 싫어! 그만둬! 그만두라고!"

"필살! 넵튠 브레에에에에에이크!"

*

"고마워, 넵튠. 멋졌어."

눈을 뜨는 게 힘들 정도의 새하얀 빛 속에서 나는 나와 마주보고 있었다.

"수고했습니다. 넵튠! …… 아니지, 여신 퍼플하트님인가."

내가 가슴을 펴고 말하자 또 다른 나는 미소를 짓는다.

내 입으로 말하는 것도 그렇지만, 변신한 나는 웃으면 미인이라니까.

그 미인인 내 가슴에는 평온한 얼굴로 눈을 감고 있는 마제콘느가 안겨 있었다.

"…… 저기, 학장을…… 아니 마제콘느를 어떻게 할 거야?"

"우리의 세계로 데려가야지. 아무리 나쁜 녀석이더라도 우리에게는…… 어떤 의미로는 정말로 소중한 사람이니까."

"그럼 학장은 어떻게 되는 거야?"

"걱정하지 않아도 돼, 모든 걸 잊어버리고 원래의 학장으로 되돌아올 거야……. 그건 그렇고 마제콘느가 학교 선생이라니, 그게 제일 놀라운데."

"아하하, 세계를 멸망시키려 했던 대마녀와는 전혀 닮지 않았지만……. 아, 그렇지. 하나만 물어봐도 돼?"

"뭔데?"

"…… 또 만날 수 있을까? 겨우 다른 세계의 나와 친구가 됐는데 이대로 헤어지는 건 아쉬워."

"글쎄. 하지만 평행세계라고 하는 건 만나서는 안 되기 때문에 평행세계라고 하는 거라고 생각해. 저쪽으로 돌아가면 구멍은 막을 거야."

"그렇구나. 아쉽다."

"쓸쓸해하지 않아도 돼. 너에게는 너만의 소중한 친구들이 있잖아. 나와 같은 친구들이."

"응……."

"내 일이니까 걱정은 안 하겠지만, 친구들을 소중하게 대해 줘……. 그럼 가 볼게, 저쪽 세계의 느와르도 잔소리가 심해서 늦어지면 화낼 거야."

"그거 큰일인데. 둘 다 고생이 많구나."

우리는 웃었다.

그 웃음을 가슴에 깊이깊이 새기고 또다른 나는 가버렸다.

"안녕! …… 언젠가, 언젠가 다시 만나자!"

의식이 희미해지는 걸 느꼈다.

그래도 나는 의식이 완전히 멀어질 때까지 계속 빛 속에서 손을 흔들었다. 계속, 계속…….

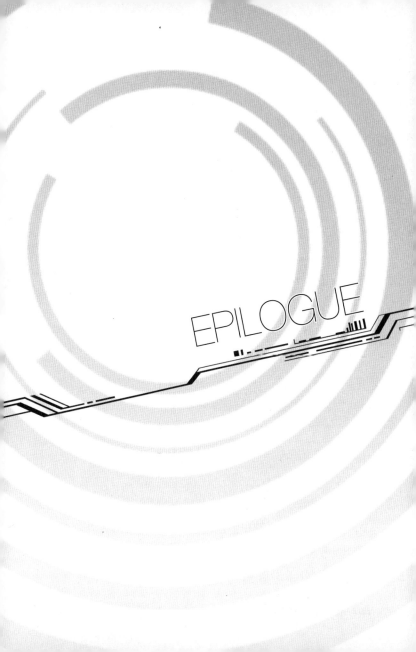

EPILOGUE

엔드롤

표창장.

으응, 소리 내 말할 때의 울림이 좋네. 표-창-장-.

"표-창-장……. 나 이런 거 받는 건 처음이야."

"목소리가 너무 커요 네푸네푸. 학교 사람들이 전부 보고 있으니까 똑 부러지는 모습을 보여야죠. 똑! 이에요."

컴파가 손가락으로 허리를 쿡쿡 찔렀다.

'똑'이라기보다는 '덜덜'거리며 슬쩍 옆을 보니 같이 서 있던 느와르, 벨, 블랑, 아이짱이 예의 바르게 허리를 꼿꼿이 펴고 서 있다. 물론 컴파도.

아차, 여기서는 나도……. 똑.

당황해서 자세를 바로잡으니, 임시 학장 대행인 것 같은 할아버지가 표창장을 손에 들고 읽기 시작했다.

동시에 등 뒤에서 느껴지는 시선, 시선.

교정에 갑작스럽게 만들어진 단상에 선 우리 뒤로는 컴파 말대로 전교생이 쭈욱 늘어서 이쪽을 보고 있다.

"…… 일어난 사건에 대해, 학원제 내방객의 피난을 유도하고 위험을 미연에 방지하였다. 또한, 불행하게도 나쁜 마물에게 씌어버린 마제콘느 학장을 구한 공적을 칭찬하여, 특별히 표창하도록 한다. 그럼 대표로 고등부 1학년 A반 넵튠군."

"아, 네!"

할아버지 선생이 다 읽은 표창장을 내게 내민다.

으아아, 어떻게 받아야 하지?

갑자기 긴장한 난 몸의 관절이 삐걱거리는 소리를 낼 것 같은 딱딱한 움직임으로 표창장에 손을 뻗는다.

음, 먼저 왼손을 내밀고…… 다음에는 오른손…….

단상에 올라가기 전에 컴파랑 같이 연습한 움직임을 떠올리면서 난 무사히 표창장을 받았다.

"…… 뭐지…… 평소와는 달리 긴장하고 있네?"

"의외네……. 실전에 강한 타입이라고 생각했는데."

그런 내 모습을 보고 느와르와 블랑이 소근소근 이야기하는 게 들린다.

아아, 진짜 이럴 때 괜히 끼어들지 말라고.

나는 지금 진지하니까.

받은 표창장을 살짝 들고 경례, 왼발부터 한 걸음 물러나고…… 왼쪽으로 빙글

몸을 돌린다! 어때! 완벽하지!

그 순간이었다.

폭풍 같은 박수와 환성이 내 온몸을 감싸더니,

"하나, 둘!"

소리와 함께 표창장을 받은 우리 전원의 초상화와 이름이 그려진 플래카드가 나타났다.

동시에 브라스밴드부의 팡파레가 울려 퍼지고, 연주에 맞춰 학생들이 양쪽으로 갈라져 우리를 위한 통로가 나타났다.

"우와아! 굉장해!"

모두 함께 그 통로를 걸어가려던 순간, 양쪽에서 펑~ 하고 색색의 종이 꽃가루가 내려온다.

"뭐든지 화려하게 하는 게 우리 학원의 전통이에요. 이럴 때는 이렇게 해야죠."

깜짝 놀란 나와는 정반대로 여유로운 아가씨인 벨은 하이퍼 오리엔팅 시작지점에서 처음 만났을 때처럼 생글생글 웃으며 손을 흔든다.

"이, 이렇게?"

흉내를 내서 같이 양손을 머리 위로 흔드니, 굉장한 환호성과 휘파람이 일어난다.

아, 이거…… 기분 좋을지도.

"어때 네프코, 처음 해보는 학원생활에서 히로인이 된 기분은?"

아이짱이 내 어깨에 손을 올리고는 말한다.

"이렇게 칭찬받는 거라면 아무런 이벤트가 없는 날에도 순찰대를 하고 싶은 정도인데?"

그렇게 대답하고는 옆에 있는 컴파를 바라본다.

"이것도 컴파가 이 학원에 입학하겠다고 해서야. 그렇지 않으면 입학시험을 보지도 않았을 거고. 고마워 컴파."

"아니에요, 네푸네푸. 고마워해야 하는 건 저예요……. 네푸네푸가 같이 있어 줘서 아이짱이나 다른 사람들과 친구가 될 수 있었어요. 네푸네푸가 우리를 이어줬어요."

"컴파……."

여느 때처럼, 따뜻한 미소를 지으며 컴파가 말했다.

나도 오늘 최고의 미소를 지으며 컴파의 손을 잡는다.

"그럼 가자, 우리의 청춘 학원 라이프, 아직 시작이니까!"

"네!"

그래, 지금부터야!

앞으로도 좀 더, 좀 더 즐거운 일이 가득할 거야.

그리고 그 후에 기다리는 건…… 여름방학!

푸른 바닷가와 하얀 모래밭의 임해학교! 물론 밤에는 모두 함께 캠프파이어!

그래, 불꽃놀이도 놓칠 수 없지!

미안하지만 표창장을 받은 정도로 만족할 여유는 없다고.

나는 기대와 희망으로 가득한 가슴을 안고 큰 소리로 외쳤다.

"모두 고마워! 이스투아르 기념학교, 최고!"

후기

지금 구글에서 '히후미서방(一二三書房)'으로 검색해 보면 처음에 나오는 페이지는 '벚나무숲 문고(桜ノ杜文庫)'를 필두로 한 귀여운 공식 사이트인데요. 몇 개월 전까지는 히후미서방이라고 하면 「전기통신소법전」 같은 어려운 책의 정보와 총무성을 비롯한 주요 거래처 일람이 제일 먼저 눈에 들어오는…… 그런 사이트였죠.

그런 '딱딱한' 회사에서 업무 상담이 왔을 때, 솔직히 뭔가 착각했다고 생각했어요. 상담하러 간 곳에서 커다란 하이비전에 '초차원게임 넵튠'의 게임화면이 나왔을 때, 솔직히 혼란에 빠졌죠……. 연결이 안 돼.

아무리 해도 총무성과 넵튠이 연결이 안 되는 것처럼요.

그리고 충격적(?)인 저와 히후미서방의 만남이 있은 지 채 반년도 안 돼 「초차원게임 넵튠 하이스쿨」로 찾아뵙게 되었습니다.

원작게임과 다른 세계관으로 새로운 넵튠의 매력을 끌어내고 싶다는 의뢰가 있어서 일반적인 노벨라이즈와는 다르게 접근한 작품이 됐는데요. 재미있게 즐겨 주시기를 바랍니다. 원작에서도 등장하는 게임과 애니메이션, 업계 용어 등등도 마음껏 집어넣었습니다.

대충 백 가지 정도는 있으니 모든 용어를 찾아보세요.

마지막으로, 이 책을 쓰면서 주식회사 히후미서방의 S님, M님, 아이디어 팩토리 주식회사의 미스노님께 신세를 많이 졌습니다. 이 자리를 빌려 감사드립니다.

그러면 여러분, 다시 만나요.

언젠가라고 말하고, 만일…… 만일에 제2탄이 나오는 일이 있다면 아이짱을 주역으로 한 액션 중심의 이야기를 쓰고 싶습니다.

게임업계 대선수권에서도 아이짱한테 투표했는데…… 6위였나.

6위라면 주연을 맡는 건 어려울지도 모르지만, 부탁드립니다! 미즈노씨!

2012년 1월 모일 오카즈

초차원게임 넵튠 하이스쿨 ❶

초판 1쇄 발행 2013년 9월 30일
초판 3쇄 발행 2013년 11월 10일

저자 오카즈

발행인 원종우
발행처 (주)이미지프레임

주소 (427-060) 경기도 과천시 용마2로 3, 1층
영업부 02-3667-2653 **편집부** 02-3667-2654 **팩스** 02-3667-2655
메일 imageframe@hanmail.net **웹** vnovel.kr

ISBN 978-89-6052-268-8 02830 **(세트)** 978-89-6052-267-1

ChoJiGen Game Neptune Highschool 1 ©2012 Okazu
All rights reserved
Original Japanese edition published by HIFUMISHOBO CO., LTD
Korean translation rights arranged with by HIFUMISHOBO CO., LTD
through CyberFrontKorea Co., Seoul.
Korean translation rights © 2013 by Imageframe. Co., Ltd

V NOVEL

PANZERCHWESTERN

강철의 누이들 ①

윤민혁 지음
박성규 그림

V NOVEL